# TREMPE TON PAIN DANS LA SOUPE

# DU MÊME AUTEUR

SAN-ANTONIO

# TREMPE TON PAIN
# DANS LA SOUPE

FLEUVE NOIR

# Nouvelles « réflexions » de Frédéric Dard

*Je suis un chic type de pacotille.*

*Plus le temps passera, moins on rencontrera de gens ayant navigué à bord du Titanic.*

*La voix d'un homme qui parle doucement couvre toutes les autres.*

*J'investis dans l'amour.*

*Le slip de Béru ? Un havre de pets !*

*Il avait une voix à vous dégoûter de vos oreilles.*

*La réussite m'a rendu plein d'insuffisance.*

*Je t'aime, malgré toutes tes qualités.*

*La poire est un fruit inconsommable : le jour même, c'est trop tôt. Le lendemain, c'est trop tard.*

*Le non-su perpétue l'innocence.*

L'homme est toujours disposé à s'asseoir.

Nous aurons une explication orageuse si le temps le permet.

*Ne fais pas le malin, car on a autant de chance de trouver de la merde dans ton slip que sur un trottoir.*

*Tout ce qui rend les Anglais joyeux m'est insupportable.*

Albert Benloulou

# PREMIÈRE PARTIE

# JEU DE MASSACRE

# 1

Méfie-toi des Ricaines, fiston !

Si d'aventure tu en brosses une et que tu lui éternues dans la mandoline, n'oublie pas de récupérer ton sirop de burettes à la cuillère et de recompter tes poils de cul avant de la quitter.

C'est ça, la chiasse, avec les petites Yankees. Elles oublient, après calçage, que tu leur as déguisé les doigts de pied en bouquet de violettes et t'assignent devant les tribunaux pour viol et enfoutraillage de leur belle robe dominicale ; kif ce pauvre dadais de Président Clinton à l'éjaculation trop précoce pour être délectable.

Tu parles d'un glandu !

Il lui suffit d'appuyer sur un bouton pour mettre le monde à feu et à sang, mais il est pas foutu de contrôler ceux de sa braguette !

A cause de ce benêt, l'aigle américain s'est déplumé du croupion. On en verra d'autres, *baby*.

Des plus tordues encore ; fais confiance à la connerie humaine.

Voilà le style de mes cogitations à l'instant où je poireaute dans le salon d'attente d'une clinique feutrée de Neuilly.

Elles sont telles, mes pensées, parce que c'est précisément à une jeune Amerloque que je viens rendre visite.

Miss Pamela Grey est une fille à papa *made in U.S.A.* dont le géniteur s'est emmilliardé dans le commerce du blé. Tu le vois, Eloi, ce *book* démarre comme les anciens polars de la « Série Noire » dans lesquels tu trouves immanquablement une riche héritière menacée de rapt par des gangsters de haute volée, décidés à faire cracher le dabe au bassinet...

Mais que je te module le pedigree de la gentille. Quand elle avait douze ans, sa maman, une Argentine volage, a joué cassos avec un beau ténébreux, en engourdissant un rude pacsif de dollars à son cornard.

De ce fait, la môme Pamela a vécu dans des collèges et universités de grand luxe jusqu'à ce qu'elle décroche un master d'économie. Ce parchemin en poche, elle est revenue au domaine familial avec des projets d'agences de voyages d'une conception nouvelle. Auparavant, elle a décidé de prendre une année sabbatique, ce qui est fréquent chez les jeunes gens friqués hésitant à plonger dans l'existence.

Elle s'est organisé un séjour en Europe et a choisi le mode de transport le plus long, à savoir le bateau. Une traversée en *first* à bord du *Princess Butock*, le nouveau fleuron de la Cunard, comme on dit puis à Bourgoin-Jallieu, mes villes natales.

Afin de ne pas se sentir seulâbre, elle a convié une amie de faculté à l'accompagner : Elnora Stuppen, fille aînée d'un pasteur noir sans fortune mais équipé de solides relations. Les deux condisciples se lièrent d'une brûlante amitié et devinrent bientôt inséparables. Peut-être se bouffaient-elles le cul ? Cette impertinente supposition, émise par un esprit biscornu, n'engage que moi. Je propage fréquemment des idées malveillantes, pour la puérile satisfaction de n'être jamais dupe ; je préfère soulever un doute de mauvais aloi plutôt que d'être floué en jouant les crédules.

Cette traversée de l'Atlantique Nord s'effectua dans d'aimables conditions. Sauf en son ultime partie, au cours de laquelle la compagne de Pamela disparut.

Une absence à bord d'un navire génère rapidement l'inquiétude. Le bâtiment fut exploré de la cale à la dunette (ce qui, en langage terre à terre, se traduit par « de la cave au grenier »). En vain ! La ravissante ne réapparut point. Son évaporation agaça fort le commandant Mortimer, lequel n'avait eu à déplorer, au cours de sa carrière, que la noyade d'un fêtard ivre s'obstinant à jouer les funambules sur la rambarde, et l'extinction de gérontes exténués qui avaient confondu le prestigieux paquebot avec un mouroir.

Miss Grey pleura fort l'absence de sa compagne dont elle prévint la famille. Elle marqua son intention d'écourter son voyage et de retourner aux *States* par avion. Son père l'en dissuada, alléguant qu'elle avait grand besoin de s'étourdir, au contraire. La jeune fille se rendit à ce raisonnement, car on est toujours enclin à choisir la route de la facilité, moins pentue que celle du devoir.

Une fois débarquée à Southampton, elle prit le train pour Paris, ville dont elle rêvait depuis ses premiers Pampers.

Las ! un sort mauvais devait décidément gâcher son voyage. Parvenue à la gare du Nord, elle fut victime d'une bousculade sur le pont de bois provisoire en surplomb des voies et fit une chute d'une sixaine de mètres. Résultats ? Vertèbre brisée, fractures du rocher, de l'épaule gauche et du talon droit. Un complet, comme tu peux voir !

Ainsi saccagée, les vaillants sapeurs-pompiers parisiens la transportèrent à l'Hôtel-Dieu. Elle n'y passa que quelques heures, car son paternel, prévenu du drame, la fit transférer dare-dare dans une clinique cinq étoiles où la bouteille de Vittel est facturée au prix du Dom Pérignon.

Maintenant, ne voulant pas te voir dépérir de curiosité, je vais, presto, dissiper les rudes points d'interrogation qui t'assaillent avec la fureur d'un essaim de guêpes dans lequel un gamin vient de shooter.

Les faits qui viennent d'être évoqués se sont déroulés hier. Or, figure-toi que ce morninge nous avons reçu la visite d'un monsieur dont le pavillon proximite le nôtre.

Cet homme travaille aux Pompes funèbres. Contrairement à ses confrères qui ont la réputation de se montrer joyeux drilles en dehors de leurs fonctions, ce personnage paraît coltiner le poids du monde sur ses crevardes épaules. Notre ancillaire ibérique vint m'informer de cette visite matinale alors que je procédais à mes ablutions.

Je passai une robe de bain en tissu-éponge, chaussai des babouches marocaines et descendis. Je pensais que le bonhomme venait me concasser les testicules pour me faire signer une pétition quelconque destinée à modifier les habitudes du quartier. Je renonçai à cette supposition en le voyant accompagné d'un branleur de quinze ou seize ans auquel la timidité donnait un air sournois.

L'escamoteur de cadavres me présenta une main aussi blême et froide que celles de ses clients.

– Alphonse Charretier ! se présenta-t-il.

– Nous nous connaissons de vue, assurai-je.

Il en convint.

– Pardon de vous déranger, reprit ce passeur de Rubicon, mais j'ai une sépulture dans trente minutes et le petit va en classe.

Ces deux raisons me parurent suffisantes pour que je l'invite à parler.

Il le fit doctement.

– Je tiens à vous entretenir d'un fait troublant, préambula-t-il. Mon fils Paul-Robert, ici présent, vient de passer quinze jours à Londres afin d'y enrichir son anglais. Il en est revenu hier après-midi avec ses camarades de classe et affirme avoir été le témoin d'un attentat en débarquant à la gare du Nord.

– Un attentat ! m'étonné-je-t-il avec une incrédulité à peine dissimulée.

Mon attention se fixe sur Paul-Robert, lequel soutient hardiment l'éclat de mes prunelles.

– Oui, m'sieur ! assure le fils Charretier, soudain désintimidé.

– Raconte-moi cela, mon garçon.

Son rapport fut bref, concis et marqué d'un tel accent de sincérité que je ne perdis pas de temps à le mettre en doute.

Sitôt sur le quai, il se rappela avoir laissé dans le porte-bagages de son wagon un cadeau destiné à ses parents. Plantant là ses condisciples, il rebroussa chemin afin de le récupérer, puis se mit à courir pour rattraper « le rang ». Comme il franchissait la passerelle à grand renfort de coups de coudes, il assista à une scène qui l'impressionna fortement. Une jeune fille se déplaçait au sein d'un groupe d'hommes pressés. Tout à coup, l'un d'eux se baissa, lui saisit les chevilles à deux mains et, avec une rare promptitude, la fit basculer par-dessus la rampe. Le flot des voyageurs continua de s'écouler, le gamin en fit autant. Presque aussitôt des cris retentirent; mais Paul-Robert, abasourdi par ce qu'il venait de voir, rejoignit les autres lycéens sans se retourner.

Il ne souffla mot du drame à personne, pas plus à sa mère, venue l'attendre, qu'à ses amis.

Au cours du dîner familial, il se cantonna dans un mutisme inhabituel. Les siens en furent d'autant plus alarmés qu'il avait beaucoup à raconter.

Un peu plus tard, son croque-mort de père l'alla voir dans sa chambre et parvint à le confesser.

– Vous comprenez, déclare ce dernier, en apprenant une chose pareille, je me suis dit qu'il convenait de vous en parler puisque nous sommes voisins.

Je l'assure qu'il a bien agi et entreprends de faire jacter Charretier fils.

Pas con, ce mouflard. Certes, ce qu'il a vu l'a traumatisé, mais cela n'a rien enlevé à son esprit d'observation.

Selon lui, l'agresseur de la jeune fille n'était pas seul ; il appartenait à un groupe d'individus chargés de masquer son acte. C'est pur hasard que Paul-Robert ait assisté au forfait, grâce à sa petite taille, je suppose.

Vachement fier de paterner le témoin d'un presque meurtre, le pompeur-funèbre-général ! Les macchabées, il connaît. Blindé, il est ! Mais que son hoir ait visionné un crime, voilà qui l'enorgueillit jusqu'à la marque de son slip située à vingt centimètres de son anus.

— Dis bien tout à monsieur, mon chéri, conjure-t-il.

Le petit gazier ne demande pas mieux.

Il commence à mesurer son importance. Me confie que les hommes ayant neutralisé la voyageuse étaient des étrangers. Ces gens n'avaient pas des gueules d'ici. Tous très grands, ils portaient des impers à épaulettes et tenaient chacun un attaché-case de cuir rougeâtre.

Les Charretier (ceux-ci ne jurent pas) me prennent bientôt congé. Ennoblis par leur démarche civique, ils s'en vont, qui à ses cadavres nourriciers, qui à ses branlettes, la conscience en paix.

## 2

Dans la chambre de Pamela Grey, je découvre quatre personnes. Elle, d'abord, inconsciente, plâtrée et drainée de partout, le toubib, puis un petit homme chauve tout rond, et enfin un mec blond d'une trentaine d'années, au regard couleur banquise.

La ravissante infirmière qui m'escorte annonce en me désignant au professeur Jean Nédeux (c'est écrit sur son badge) :

– Monsieur est de la police.

La présentation n'est pas pompeuse mais produit toujours son effet.

J'accorde un salut général de prélat blasé.

– Veuillez me pardonner si j'importune, déclamé-je, l'on m'a informé à la réception que le père de miss Grey se trouvait auprès de sa fille et un entretien avec lui est indispensable.

Le bonhomme à la chevelure en peau de fesses parle un français très convenable. Il exécute un pas dans ma direction en disant « Hello » et me présente une main appétissante comme une grappe de saucisses en conserve. Je presse l'ensemble en cherchant à qui me fait songer le bonhomme. Oh ! oui : à ce petit Ricain, *made in Italy*, qui forme un couple comique avec Schwartzenegger. Il en a la pétulance et la cocasserie. Ayant appris dans la journée d'hier l'accident de sa fille, ce digne personnage a illico affrété son Jet privé (un Fépalcon 416 caramélisé) pour accourir à son chevet ; preuve d'une fibre paternelle plus tendue qu'une corde de violon.

Son collaborateur de confiance, mister Los Hamouel (le mec aux yeux d'acier) a insisté pour l'accompagner ; c'est vachement gentil de sa part, car au lieu de traverser l'Atlantique Nord, il aurait pu se faire constricter le python par une radasse de luxe.

Le gars en question m'est aussi sympathique qu'une flaque de dégueulis sur la banquette arrière de ma Jaguar. Mais trêve de « billes versées », dirait joliment un homme nommé Béru. Fuyant son regard de reptile, je me consacre à David Grey et à sa fifille qui aurait dû rester devant son dry-martini, en prenant soin, toutefois, de cracher le noyau de l'olive qui le décore.

La môme ne devait pas être très belle avant son « accident ». Maintenant, elle est franchement tartignole, avec sa tronche asymétrique. L'une de ses pommettes obstrue son œil droit, son nez, bourbonien d'origine, est devenu picassien. Ses délicates oreilles ressemblent à des chanterelles. Elle possède un menton d'herbivore, escamoté comme un tiroir trop enfoncé. On a dû lui raser la tête pour rafistoler sa boîte crânienne, ce qui finit le tableau. M'est avis que, doré de l'avant, va falloir qu'elle passe une chiée d'annonces dans le *Chasseur Français* pour se dégauchir un époux et qu'elle chipote pas sur le blason !

— Cher ange, murmure David Grey d'un ton frémissant telle l'eau du thé qui se met à bouillir.

Je le visionne. Pas surprenant qu'il ait procréé une tarderie pareille, avec son physique ! De plus, un tic l'oblige à soulever à tout instant son sourcil gauche, comme s'il marquait une surprise. Je n'aime pas les individus affligés de ces brèves convulsions. J'imagine toujours qu'il s'agit d'une astuce destinée à capter l'intérêt de l'interlocuteur.

S'estimant superflu, le toubib s'emporte discrètement.

— Je crois savoir que la police a déjà dressé un rapport à propos de l'accident ? me dit le businessman.

— Naturellement, accordé-je, mais depuis, certains éléments nous donnent à penser que nous sommes confrontés à un attentat.

Il stoppe son tic pour tiquer.

– Un attentat ! ginocule le plus grand nain de ma connaissance.

– Un témoin s'est présenté avec quelque retard pour affirmer la chose.

– Digne de foi ?

– Absolument. Il assure que cette jeune fille a été cernée par un groupe d'hommes. L'un d'eux l'a saisie aux chevilles et fait basculer sur les voies.

Le vieux requin friqué joue à la bille de loterie avec ses yeux ; ses lèvres remuent très vite, kif celles d'une grand-mère corse en train de réciter son chapelet en faisant rissoler des châtaignes dans l'âtre.

Il balbutie :

– Mais pourquoi ?

Et ça, crois-moi ou sinon va te faire pratiquer une trachéotomie dans le rectum, c'est une réplique de bizness-man dans toute son apothéose. Il veut savoir, le collectionneur de dollars, ce qui a motivé pareil crime. Ça rapporte quoi et à qui, de l'avoir déglinguée, sa Pamela ?

David Grey traduit notre brève converse à son porte-chéquier, lequel ne parle pas la langue de Jean Dutourd. Pour quelle raison est-il si hermétique ? Une huître ! L'écoute son boss sans sourciller. Pour dissiper sa maussaderie endémique, faudrait la chirurgie esthétique. Ainsi « accrocherait-on un sourire à sa face », comme le chante si bien mon cher Aznavoche.

Quand le « nessman »[1] cesse de gosiller, le grand flegmatique déclare tout de même :

– C'est l'action de quelques voyous, ce pays en est plein.

– Vous croyez, Los ?

– L'Europe devient le continent de la violence, la France principalement. En apercevant une jeune et jolie voyageuse à la mise recherchée, ces vauriens ont aussitôt éprouvé le besoin de lui faire du mal !

Je le considère en réprimant mon envie impérieuse de tirer un pain dans sa bouille blafarde, manière de lui donner des couleurs.

– Selon le témoignage recueilli, ces individus étaient largement adultes et d'apparence étrangère, dis-je en anglais.

Tête de Nœud feint de ne pas entendre. Ce croquant, je donnerais dix ans de ta vie pour pouvoir rassembler toutes ses dents dans une boîte de pastilles Valda vide.

Pourquoi cette antipathie réciproque et admirablement spontanée ? Ils sont bizarres, les zhumains ; se séduisent ou se haïssent, mus par des courants mystérieux, positifs ou négatifs. Se soufflent le chaud ou le froid à travers la gueule, au premier regard échangé. Mais c'est pas grave : on aura l'éternité pour mieux faire connaissance et s'aimer.

---

1. Abréviation de businessman.

Le père David reste perplexe.

Me demande si je compte ouvrir une enquête ?

— Non seulement je vais l'ouvrir, mais je ne la refermerai qu'après sa conclusion, lui réponds-je-t-il.

Il réfléchit et murmure :

— Le médecin juge ma fille intransportable pour le moment. A la suite de ce que vous venez de me dire, j'entends prendre toutes les précautions utiles pour assurer sa sécurité.

— Je l'organiserai personnellement en plaçant un garde en permanence dans le couloir et une auxiliaire de nos services à l'intérieur de sa chambre. Je vais donner des instructions immédiatement !

Et de sortir mon déconneur portable de ma fouille.

Le marchand de blé, les yeux embués, me voue, sur l'heure, une reconnaissance de dette (voire une dette de reconnaissance) inestimable.

Ses mains potelées pétrissent mes triceps brachiaux en grande vigoureusité.

— Vous m'inspirez une grande confiance, déclare-t-il.

— Je ne la décevrai pas, promets-je.

— Si Pamela reste sous votre protection jusqu'au moment de son rapatriement aux *States*, je vous récompenserai.

— Gardez-vous-en bien, monsieur Grey. Chez

nous, les policiers sont parfois à louer, mais jamais à vendre.

Je doute qu'il apprécie ce remarquable trait d'esprit. Toujours est-il qu'en attendant mieux, il fourre une petite boîte de métal jaune dans ma poche de poitrine.

— Voici un appareil en or que je vous demande de remettre à ma fille sitôt qu'elle aura repris conscience. Vous n'oublierez pas ?

— Soyez tranquille.

## 3

Après avoir pris congé du marchand de blé, je me rapatrie au *Bistrot Saint-Honoré*, rue Gomboust, où j'ai donné rembour à Mouchekhouil, mon successeur. On peut dire que le nouveau dirluche de la Grande Volière est mon contraire. Un homme de dossiers, collectionneur de médailles. Chaque 11 Novembre, il aère sa batterie de cuisine, ce qui le fait ressembler à un sapin de Noël. Plutôt corpulent, le cheveu blanc argenté, le teint coloré, le regard très pâle ; habillé par un tailleur voué au classicisme, style III$^e$ République, il garde un côté passéiste qui sécurise ses supérieurs et rassure ses subordonnés. Je l'avais peu vu avant qu'il me succède, le situais dans les « braves cons pas si cons que ça ».

On s'en presse cinq et nous éclusons d'urgence les deux kirs que Babeth, la compagne d'existence de François-Joseph (le gros bon dieu des fourneaux) nous livre en Chronopost.

– Heureux de déjeuner avec vous, assure loyalement le Boss. Comme je vous l'ai dit, je souhaite l'union sacrée entre nous. Nous devons être complémentaires : vous l'action, moi la paperasse !

– Vous parlez d'or, monsieur le directeur ! aprouvé-je avec un tel accent de sincérité qu'un caniche royal en mouillerait ses couches-culottes.

Mon vis-à-vis de récrier :

– Ah ! non, nous n'allons pas nous gargariser avec nos titres ! Je vais vous appeler Antoine, vous m'appellerez Bingo ; c'est le surnom que je traîne depuis l'École supérieure de Police.

– Volontiers.

– On vous a aménagé un bureau design dans une aile du « château » ; ça convient à votre tempérament baroudeur !

Je le remercie de sa prévoyance et de ses gentillesses. Sans charre, on peut devenir un tandem aussi soudé que les doigts de la main, affirmerait Béru.

– En outre, déclare Mouchekhouil, comme il ne faut jamais modifier une équipe qui gagne, j'ai veillé à ce que le duo Bérurier-Blanc continue de travailler avec vous exclusivement.

Un beurre, cet homme !

D'une mandibule énergique, nous attaquons le jambon persillé.

– Vous avez un fer au feu, présentement ? questionne mon supérieur.

– Il semblerait.

Et de lui raconter les deux chapitres précédents, sans omettre un paragraphe.

Tu sais qu'il est pas mal, ce fonctionnaire moisi sous le harnois (de cajou). M'écoute en dégustant un chirouble en costume d'apparat.

Quand j'ai fini de narrer, Bingo murmure :

– Tout ce que vous me racontez là repose sur les dires d'un jeune garçon.

– C'est exact.

– A son âge, fabuler est un jeu.

– Possible, mais je pense connaître les individus, y compris les gamins. Ce môme portait la sincérité dans son regard. Rétrospectivement il était encore effrayé par ce qu'il avait vu.

Je n'ai pas convaincu mon remplaçant. Nous achevons notre hors-d'œuvre et la bouteille l'escortant.

Bingo remonte à la tribune :

– Je crois avoir mené jusqu'à ce jour une vie d'honnête homme, pourtant vous ne sauriez imaginer toutes les « inventeries », comme disait ma mère, dont j'ai régalé mon entourage ! Je les débitais avec une tranquille impudeur que vous m'auriez donné le bon Dieu sans confession. C'est pourquoi les déclarations de votre ado ne me troublent guère.

En l'écoutant, je comprends ce qui fait la force (et la faiblesse aussi) des flics : l'incrédulité. Le doute est leur arme *number one*. Après tout, peut-être a-t-il raison ? Il est possible que Paul-Robert soit un brin mythomane.

Le déjeuner se poursuit. On cause de la Maison Parapluie. Deux draupers, tu penses !

Mouchekhouil se boit un marc de Bourgogne, moi je reste au vin. Les clients s'en vont, repus. Une jeune vierge en deuil, me faisant songer à Électre, me jette le regard que cette dernière eut pour Apollon. Je lui promets ma bite d'un mouvement imperceptible des lèvres. Elle marche derrière son vieux papa : un kroum qui ne sourit que lorsqu'on lui extrait une molaire gâtée.

Adios, petite môme ! Je te reverrai à la Saint-Lulure, ou jamais. Dommage, j'aurais éprouvé du bonheur à te carrer Coquette dans la poche marsupiale ! Ce sera pour une autre fois, avec une autre.

Une apathie (qui vient en mangeant) s'étend sur le *Bistrot*. Histoire de la juguler, Babeth branche la radio. Bouge pas, tu vas voir. Ma vie c'est toujours comme ça. Le préposé à l'antenne interrompt le programme pour nous vaporiser dans les trompes un flash spécial.

Ouvre grand tes entonnoirs à conneries, lecteur ami, car ça va t'en obstruer un coin. Le Jet privé de David Grey, le milliardaire amerloque, vient de se fraiser en mer, au large des côtes d'Irlande, 75 minutes après avoir décollé du Bourget. L'équipage d'un chalutier, à l'aplomb duquel s'est produit le drame, a vu l'appareil exploser en vol. Les marins du *Funny Girl* n'ont repêché aucun corps, la mer étant particulièrement mauvaise. Point final.

Je file un coup de saveur sur Bingo. Il chauffe son verre de marc dans le creux de sa main, comme on le fait avec un oisillon tombé du nid.

— Pas si mytho, le chiare de mon voisin, soliloqué-je.

Il opine.

## 4

Béru se contorsionne sur son siège, à croire qu'un boisseau [1] de puces lui chicane le fondement.

— Il y a du fluide glacial sur ta chaise, Gros ? m'inquiété-je-t-il.

— C'est pas ça. Figurerez-vous qu' pou' la première fois d'ma vie j'sus constipé. V'là deux jours qu'j'arrive point à mettre bas. N'en désespoir d'Écosse, Berthy m'a donné un lav'ment, mais je lui y ai r'craché à la gueule intégralement. J'ai peur que j'aye une conclusion intestine. Ça nous est jamais arrivevé dans la famille. Un Bérurier qui bédole plus, c'est la fin du monde, en pire !

Nous le rassurons de notre mieux. Jérémie Blanc promet de demander l'intervention de Cadillac V 12, sa sœur, qui connaît une thérapie

1. Exception grammaticale des noms en « au ». L'on dit un boisseau, des bois sales.

africaine pour chaque cas, du plus bénin au plus désespéré.

Quelque peu rasséréné, car il a vu cette dernière à l'œuvre, le seigneur des Saloirs consent à se pencher sur l'affaire Grey, père et fille. Elle est d'importance et génère des ramifications. Déjà, elle captive Jérémie, lequel piaffe d'impatience dans ses tartines-blocs, comme le dit notre grosse loche d'A.-B.B. Fissa, il entrevoit le topo, cet athlète de la matière grise.

— A mon avis, dit-il, on a agressé Pamela pour attirer son père à Paris et lui régler son compte car, aux *States*, ce type doit être surprotégé.

— Cohérent, admets-je.

— Ah! y a de l'espoir! annonce le Mastard en confiant à nos sens auditifs et olfactifs le plus formidable vent de toute l'histoire de la flatulence.

Nous le félicitons chaleureusement.

Requinqué par cette manifestation bruyante de ses entrailles paresseuses, il parle enfin travail.

— Pour c'qu'est d's'lon moi, reprend l'Homme-au-gros-moignon, faut qu'on va à la raie au porc du Bourget, bavasser avec les mecs ayant z'eu la possibilité d'approcher l'avion du temps qu'y stationnait à Paname.

— Je projetais de faire cette démarche, avoué-je, agacé par la propose du Ballonné.

*
* *

Et de nous pointer dans la zone « aviation d'affaires » de la troisième aérogare de la capitale.

Nous tombons sur deux enquêteurs de la Police de l'Air déjà sur place. Je connais le plus jeune, Alexandre Barbouille, pour l'avoir eu comme stagiaire il y a quelques années. Un mec du Nord, blond-blé, avec un regard d'albinos souffrant de conjonctivite. Nos confrères sont surpris de voir radiner les huiles de la Rousse.

— Vous déblayez le terrain ? m'enquiers-je, après la tournée de phalanges pressées.

— Nous arrivons, monsieur le directeur, assure Barbouille. Votre présence ici semblerait indiquer que l'affaire vous intéresse ?

— Elle me passionne. Quelles mesures avez-vous prises ?

— Mon collègue Latour et moi demandions la réunion des gens qui, de près ou de loin, ont eu à s'occuper de ce vol privé. Du reste, les voici.

Fectivement, quatre gaziers se radinent, en provenance de directions différentes. Deux portent des combinaisons bleues, deux sont en tenue de ville. Ils pénètrent dans le local vitré, encombré de bureaux et de planches à dessin. Un haut-parleur raconte des trucs techniques sur la météo.

– Ces messieurs sont à votre disposition ! me fait cérémonieusement Latour.

– Commencez, commencez ! décliné-je. C'est votre job.

Alors bon, vaguement gênés par nos tierces présences, les deux enquêteurs attaquent. Ils veulent savoir où a stationné le zinc pendant sa brève escale, qui le gardait, le nom des employés s'étant occupés du contrôle et de son ravitaillement.

Les responsables fournissent à tour de rôle et à qui mieux mieux leur témoignage.

L'équipage est resté à proximité de l'avion, cinq personnes au total : pilote, copilote, radio, steward, hôtesse. Les techniciens au sol exécutèrent leur travail avec la diligence coutumière. Plein de kérosène, vérifications sous la surveillance du commandant de bord. Tout était O.K. Ils ont admiré ce joyau de l'aéronautique moderne, ultra-performant, racé, luxueux. « Un sacré beau jouet ! » a affirmé l'un d'eux.

Je laisse déferler. Routine ! C'est nécessaire.

Les multiples questions satisfaites, je demande la liste des passagers ayant pris place à bord. Pas longue, mon cher Lockolmès : David Grey et son collaborateur Los Hamouel, *that all*.

Ils ont souscrit aux formalités de douane et de police. Ne détenaient comme bagages qu'un attaché-case chacun. Les deux mallettes furent passées au couloir détecteur, comme il se doit.

– Cependant, objecté-je doucement, devant cette satisfaction générale, un explosif a bien été introduit à bord !

Personne ne répond. Quelques légers hochements de têtes renfrognés.

Je ne sais qui suggère, sans y croire tellement, que la charge fatale a pu être embarquée aux États-Unis.

On en apprendra davantage si l'on parvient à récupérer la boîte noire.

La pêche est ouverte.

## 5

Bon, ça ne nous mène pas à grand-chose.

Si je te raconte, c'est pour t'expliquer le côté tâtonnant d'une enquête. Lorsque tu n'as rien à te foutre sous les chailles, tu mâches du chewing-gum pour tromper ta faim. Seulement, ça ne remplit pas la panse ! L'estom' réclame toujours. Faut pas trop le berlurer, qu'autrement il se fâche. On ne va pas brouter de l'air et boire du vide jusqu'à la Saint-Lurette !

Et puis c'est le génial Blanc qui *défriche une voie à travers la forêt vierge de notre ignorance*, comme l'écrivait Mme de Staël aux évêques de Troyes, de Foix et de Sète.

Sa propose me botte (secrète).

En moins d'une plombe, tout est bouclé et nous convoquons les médias pour une conférence de presse relative à l'attentat perpétré contre David Grey.

On a une salle, à la cabane Pébroque, pour ce

genre de cérémonie : un lieu gai comme le hall d'une gare de province désaffectée. La table centrale est ovale et à peine plus grande que les arènes de Nîmes, avec des sous-main pour marquer les places. Sur les murs, quelques croûtes issues du Mobilier national, offrant des personnages constipés, engoncés dans des habits du siècle dernier.

J'accueille, dans cet endroit frivole, les représentants de l'actualité. Une douzaine : presse écrite, TV, radio. Je la leur bonnis romanesque à souhait.

Topo ? Miss Pamela Grey, fille du célèbre grossium ricain est venue en Europe, études achevées, pour enrichir sa culture. Elle naviguait avec une potesse à bord du *Princesse Butock*. Au cours de la traversée, son amie a disparu. Tout porte à croire qu'elle a péri en mer. Premier drame !

Vous me suivez-t-il bien, messieurs ?

Ils !

J'enchaîne.

Pamela se pointe à Pantruche, *first* étape de son circuit. Las ! parvenue à la gare du Nord, la pauvrette, ne tombe-t-elle pas d'un praticable provisoire installé au-dessus des voies ? Très grièvement blessée, elle est transportée dans une clinique réputée. Second drame !

Dare-dare, nous ouvrons une enquête à deux battants et, rapidement, un témoin se présente, affirme qu'il a vu un homme saisir l'Américaine par les chevilles et la balancer de la passerelle. Sur l'instant, abasourdi, il n'a pas réagi, mais sa conscience faisant des siennes, il est venu la libérer dans nos bras séculiers et nous fournir une description très précise du criminel.

Turellement, les médias me pressent de questions pour que je leur répercute le signalement de l'agresseur. M'y refuse, alléguant le secret professionnel, car il est impossible de créer le moindre encombrement sur la piste que nous suivons. Ils maugréent, mais l'admettent. Une chroniqueuse, un peu masculine avec son béret et sa canadienne puant le suint, m'interroge avec une fausse innocence : peut-elle rencontrer le « témoin » ?

Ce que j'espérais !

— Je n'ai pas le droit d'en faire mystère, réponds-je, mais je prie « nos amis journalistes » de ne point le harceler.

Promis, juré !

Ils notent fiévreusement : *Félix Galochard, 116, rue de Turenne, Paris 3ᵉ*.

Une idée de Jérémie : proposer à M. Félix de servir d'appât. « Ce vieux branleur ne demandera pas mieux que de nous donner un coup de main. »

L'ancien prof s'est déclaré ravi quand bien même la chose présentait un certain danger. Sa retraite anticipée lui pèse. Mis en disponibilité de l'Éducation nationale pour exhibitionnisme (lorsqu'on possède une queue mesurant quarante-huit centimètres, on est enclin à la montrer), cet érudit surmembré se languit dans son appartement. Des cours privés donnés à des cancresses de quinze ans jouant avec son énorme paf ne suffisent pas à remplir sa vie. Il a besoin « d'autre chose », ce Léautaud du Marais. Sa misanthropie ne le dispense pas d'être attiré par ses contemporains. Il les pratique à petites doses, après les avoir sélectionnés suivant des critères particuliers. Il les veut pittoresques plutôt qu'intelligents, partant du principe qu'un individu aux facultés mentales développées fait chier tout le monde, alors que le con divertit par le simple étalage de sa sottise.

Fort de son accord enthousiaste, je l'instruis de son rôle ; il l'apprend au rasoir. La gare du Nord, la passerelle de bois, l'endroit de la chute. Ne lui décris point l'agresseur puisqu'il doit se montrer muet à son sujet. Rien de plus discret que le non-informé.

Nous l'avons équipé d'un Bip. Il lui suffira de presser en cas de danger pour obtenir une aide immédiate.

Paré ! Notre leurre est en place, fasse le ciel que le poisson morde !

*<br>* *

Une commission « rogaton » (selon Béru) s'est pointée des U.S. pour flanquer son tarbouif dans l'affaire Grey. Z'étaient quatre gonzmen aux carrures terribles ; des malabars fringués de tissus infroissables à petits carreaux vert et jaune, coiffés de chapeaux de paille ronds et chaussés de grolles à triples semelles permettant de dormir debout.

Mouchekhouil les a reçus avec les égards dus à leur prestigieuse nationalité et les emmenés déjeuner chez *Lasserre* toutes affaires cessantes. Après ça, ils n'avaient plus qu'à dresser un rapport à l'intention de leurs supérieurs.

Comme j'allais quitter la Grande Taule, le standardiste m'a branché une communication de Félicie. La chère Chérie me demandait de passer à la clinique vétérinaire où l'on soignait Salami d'une forte hernie à l'aine. Le bon toutou était guéri. Je promis de l'aller chercher, car mon cador émérite me manquait cruellement. La vie sans lui perdait de sa tonicité.

En m'apercevant, le basset-hound poussa une clameur d'allégresse qui me ravit. Je m'accroupis devant lui et pressai sa bonne caboche contre mon cœur. J'aime le contact de ses poils rêches et leur étrange odeur d'huile et de lin. Sachant vivre, il ne me lécha pas la frite, comme le font la plupart des canins. En revanche, il enfouit sa bonne tête en forme de sabot sous mon bras pour mieux renifler mon aisselle.

Ce fut un instant de profonde amitié.

Il portait encore un pansement et se déplaçait avec précaution, ce qui ne le retint pas de humer avec une évidente volupté sous les jupes de l'assistante venue me présenter la facture. Tu ne l'ignores pas, mon brave basset est très attiré par la femelle de l'homme. En maintes circonstances, je l'ai vu passer une langue recueillie dans la merveilleuse fente de personnes cependant peu portées sur la zoophilie.

Nous rentrâmes à Saint-Cloud très euphoriques. Nous fredonnions le même air, car ce chien d'exception possède l'oreille musicale et aboie la *Marseillaise* sans faire la moindre fausse note.

J'abandonnai ma Jag devant la grille et nous avançâmes vers le pavillon avec lenteur à cause de l'opération subie par mon brave toutou. Mes fruitiers jaunissaient. Les premières feuilles mortes commençaient à joncher l'allée de ciment bordée de buis. Malgré cette mort annoncée de la nature, notre petite propriété restait accueillante. J'éprouvais le besoin de m'y blottir.

Après le repas, je m'installerais au salon afin de dépiauter les envois de bouquins que je reçois régulièrement. Je ne veux pas qu'on les ouvre à ma place, pour avoir le plaisir de la découverte. Déballer la prose d'un ami : Didier Van Cauwelaert, de Caunes, Bouvard, Dutourd et d'autres, me ramène à l'époque de la distribution des prix. Les ouvrages que je recevais alors me donnaient un bonheur particulier.

Comme mon quadruple clopine, je lui propose de le porter, mais il refuse d'un mouvement de tête qui fait voleter ses longues oreilles. Il a raison : une rééducation doit s'effectuer avec la seule énergie de l'intéressé.

En entrant, je réalise illico que « nous avons du monde ». Un murmure de voix provient du salon et je distingue des ombres par la porte vitrée.

Je demande à Carmen qui vient nous faire chier en ce début de soirée.

Elle me répond : « *El voisine* ». Puis se met à fêter le retour du chien prodigue à grand renfort de caresses et d'onomatopées ridicules. Pour mieux se prodiguer, elle s'accroupit, me permettant de constater qu'elle a un bonnet de hussard entre les cuisses, en guise de culotte.

Inémoustillé par cette vision plus luxuriante que luxurieuse, j'ouvre la lourde du salon. Y découvre Féloche en converse avec Charretier, le pompiste (puisqu'il travaille aux Pompes funèbres) et une dame ayant la forme d'un « 8 » (en français : huit). Il s'agit de l'épouse de ce dernier.

Outre son embonpoint, son corset donnant à sa jupe la forme d'un abat-jour, sa couperose de chef-cuistot et son odeur de lard ranci sur les dents d'une scie, cette opulente personne offre une particularité que je lui souhaite passagère : elle pleure à pierre fendre...

Son chagrin est tonitruant et s'accompagne de plaintes réelles. M'man, tu la verrais prodiguer sa bonté à tout-va ! Les mots qu'elle trouve ! Ce ton miséricordieux ! Ce sourire d'Austerlitz ! Ces gestes menus, si fraternels ! Quelle richesse de posséder une mère pareille !

M'apercevant, le sépulcreur se dresse pour se jeter à mon poitrail, comme à celui d'un cheval emballé.

— Vous ! Oh ! vous ! fait-il avec la voix d'un broyeur d'ordures grippé.

Et d'ajouter avant que j'eusse le temps de formuler une question :

— On a kidnappé Paul-Robert !

## 6

Tandis que Mme Charretier ruisselait et que Félicie l'épongeait, nous nous sommes rendus, l'escamoteur de défunts et moi, chez des gens du nom de Malapry, demeurant à un jet de foutre de nos crèches. Ce, pour la raison péremptoire que le fils aîné de ces banlieusards va à la même école que Paul-Robert. Le matin, les paternels conduisent les deux garnements au collège Poirot-Delpech ; ils y déjeunent et rentrent en bus en fin d'après-midi.

Ce soir, à l'heure où les premières lueurs de l'aube rosissent le Fuji-Yama, une automobiliste les a interpellés et a demandé à Paul-Robert s'il était bien le fils Charretier. L'adolescent en convenant, la mystérieuse a prétendu alors se rendre chez lui et l'a invité à prendre place auprès d'elle. Il l'a fait spontanément, trop occupé à rougir pour pouvoir réfléchir sainement ! Depuis, personne ne l'a revu.

Inquiétée par son absence, la Charretier a tubophoné aux Malapry où Bernard, le camarade d'études, a raconté ce qui venait de se passer. Affolement de la maman, puis du papa rentrant de ses Pompes.

Avant d'entreprendre quoi que ce soit, le croque-mort a voulu me mettre au courant de cette angoissante aventure.

Nanard Malapry est un grand dadais au visage ravagé par l'acné. Il bubonne de toute la gueule ! Boutons gros comme des noisettes, au sommet couronné de pus éternel. Ne doit pas effervescer les rangs des filles ! Tu parles d'une tare à la fraise, Thérèse !

D'en plus, il est atteint d'un léger bégaiement qui le pousse à employer les mots de la phrase suivante. Ses étiquettes sont écartées kif celles d'un éléphant en rut et il a des miettes squameuses plein les sourcils. Il crèche dans un petit immeuble de deux étages en bordure du jardin public.

Les parents ?

Comment te les décrire ? Tu vois ton beau-frère et sa grognasse ? Eh bien ça ! Lui, déplumé du chapiteau, un bide qui s'embonpointe, un collier de barbe genre instit. Elle : petite, malportante, jaunassouse. Je suis certain que son haleine sent l'égout négligé !

Mais il faut de tout pour défaire un monde.

Présentations.

Le barbu commence à chercher des locutions éruditionnaires, histoire de m'impressionner, me prouver sa culture.

Sa mousmé veut lui couper la parole. Ces deux-là, ça doit pas être l'Éden. La vie commune les a rendus haïsseurs, les pauvres. Quand un couple n'arrive plus à se supporter, c'est la Berezina !

Pour couper court, je demande à leur abruti de fils s'il a une chambre. Affirmatif, mon policier !

– Alors, allons bavarder gentiment tous les deux.

Dans le fond, il préfère, malgré la frite que font ses vieux.

T'as des foyers, mais alors des chiées et des chiées, où l'existence s'écoule moins bien qu'à Saint-Laurent-du-Maroni, jadis ! [1]

La piaule du garnement est moins vaste qu'une cabine téléphonique ; elle prend le jour par un fenestron à travers lequel on voit la Lune. Pleine comme une vache sur le point de vêler.

– Assieds-toi, fiston !

Comme il n'existe en fesses de siège qu'un tabouret, il se dépose poliment sur le bord de son couvre-lit de satin frileux pour m'en laisser la jouissance. Me scrute, plein d'intérêt et de crainte.

---

1. Charmante contrée où l'on expédiait les forçats.

Je lui souris amitieusement.

— Ça boume ?

— Ouais, il dubitate.

— Tes études, tu parviens à les rattraper ?

— Sans problème.

— En classe, tu es près du tableau ou du radiateur ?

— Du tableau, car j'ai de très bonnes notes, excepté en dessin.

— Chapeau !

Geste modeste de mon terlocuteur. C'est vrai qu'il n'a pas l'air bête lorsque tu l'observes mieux. Son élocution flancheuse le dessert, mais son regard futé éclaire le personnage.

— Tu t'en doutes, mon brave Bernard, c'est pour te parler de « la dame à l'auto » que je suis ici.

Acquiescement du môme.

— Commençons par le début. Naturellement, Paul-Robert t'a raconté, en arrivant au collège, l'agression à laquelle il a assisté ?

— Il m'a appelé hier au soir pour m'en parler.

Tu penses ! A cet âge, devenir le seul témoin d'une tentative d'assassinat est une chose qu'on a besoin de confier.

— Il a partagé ce secret avec d'autres camarades ?

— C'est probable. Nous sommes une petite bande de copains...

— Tu n'as pas participé au voyage à Londres ?

– Je devais, mais j'ai eu une angine au moment de partir.

– Si bien que tu as fait ceinture, concernant les petites Anglaises ?

Il écarlatise et se met à contempler la Lune joufflue. On dit « con comme la lune » et l'on a raison. Surtout lorsqu'elle est ronde. Asiate, là-haut ! Violée par l'homme. Salope !

Il l'a diffusée urbi et orbi, son aventure, le fiston du corbillateur ! Son témoignage le promeut héros à part entière. De quoi s'assurer une auréole jusqu'à la fin de l'année.

On toque à la porte. Mme Pue-de-la-gueule se pointe pour nous émietter son inquiétude.

– Tout va bien ? demande-t-elle avec la voix d'une infirmière venant s'enquérir du lavement en cours.

– Parfait, gentille madame, et ça ira mieux encore lorsqu'on nous laissera deviser tranquillement.

Elle faillit libérer ses gencives du chlorure de vinyle qui leur sert de denture. Calte, après une œillerie orageuse.

– Elle serait pas un brin casse-burettes, ta dabuche ? demandé-je à mon jeune copain.

– Carrément chiante, ratifie-t-il.

– C'est pas grave, assuré-je.

Là, il s'enhardit :

– Pour vous, non. Mais pour mon père et moi...

Je tente de le réconforter :

— On n'a qu'une mère dans la vie !

— Heureusement ; parce que, avec deux comme ça, le coup ne serait plus jouable !

Il devient franchement drôle, débarrassé de sa timidité.

— Maintenant, il faut qu'on en vienne à l'essentiel, fais-je.

— L'enlèvement ?

— Tu penses qu'il s'agit réellement d'un rapt ?

— Si vous êtes là, c'est que vous le croyez également, non ?

Dis donc : il a du jus, quand il s'y met, Malapry fils.

— C'est juste, admets-je. Malin comme je te sens, tu vas me raconter l'histoire très en détail.

Il se concentre :

— Quand nous sommes descendus du bus, j'ai tout de suite repéré la fille dans l'auto, près de l'arrêt !

— Elle attendait ?

— Oui, monsieur. Sa vitre était baissée et elle fumait.

— Tu viens de dire « la fille » ; elle était plutôt jeune ?

— Vingt-cinq ans environ.

— Signalement ?

— Blonde, avec des mèches plus foncées. Elle portait un tailleur de cuir pareil à de la peau de dauphin. Je n'ai pas vu ses yeux car elle avait des lunettes teintées.

Je griffonne ces précisions sur l'un des fameux calepins à couverture noire dont papa avait acquis tout un lot avant de mourir.

— Ensuite, Bernard?

— Elle nous a regardés quitter le car et a donné un léger coup de klaxon pour attirer notre attention. Je me suis approché de sa tire.

— Qu'est-ce que c'était comme bagnole?

— Une Saab décapotable noire.

— Alors?

— Elle m'a souri et a dit : « Je voudrais parler à votre ami. » J'ai fait signe à Paunert.

— C'est quoi Paunert?

— Le diminutif de Paul-Robert.

— Pardon : j'aurais du y penser... *And after, milord?*

— J'ai appelé mon copain.

— Et puis?

— J'ai entendu qu'elle lui disait : « Vous êtes le fils Charretier? Je vais précisément chez vous : montez, vous m'indiquerez le chemin! »

— Il a accepté?

— Il ne s'est l'est pas fait dire deux fois. Une pépée pareille, vous imaginez!

— Il est sensible aux charmes féminins?

Mon terlocuteur rougit jusque dans la raie culière.

— Ben, murmure-t-il, « on » a l'âge, non ?

— C'est pas moi qui vous jetterai la pierre, assuré-je. A huit ans, je bouffais la chatte de ma cousine Muguette.

Cette confidence faite, je reviens à nos moutonsss :

— Selon tes dires, et c'est un élément capital, la gonzesse en question connaissait ton pote puisqu'elle t'a déclaré vouloir s'entretenir avec lui.

— Probablement, oui.

— Par contre, il n'en allait pas de même du gars Paunert ?

— C'est juste.

— Vous étiez, non pas voisins, mais du même quartier, ton ami et toi ? Elle ne t'a pas proposé de monter avec lui ?

— Non.

— Tu as regardé filer la bagnole ?

— Je crois, oui.

— Tu n'aurais pas mémorisé le numéro de son véhicule ?

— Ça ne m'est pas venu à l'esprit.

— Les plaques étaient françaises ou patagonaises ?

— Françaises, ça j'en suis sûr.

— Et le département ?

— Je n'y ai pas pris garde.

J'ébouriffe sa tignasse d'un geste amical.

– Tu me bottes, môme. Si des choses te reviennent ou, plus simplement, s'il te prend l'envie de me parler, n'hésite pas à m'appeler : voilà mon tube portable, cet appareil ne me quitte jamais, même aux gogues !

Et alors, tu vas constater une fois de plus comme la vie est poilante. A l'instant où je parle de lui, mon biniou cocoricote.

Je te dis le reste ?

Bérurier m'informe qu'on vient de plastiquer l'apparte de M. Félix (le Gravos prononce « Félisque »).

## 7

Aux U.S.A., on appellerait la crèche de Félix Galochard un loft, chez nous, elle reste un grenier aménagé.

Le vieux prof a loué le suprême étage de son immeuble, en a fait abattre les cloisons, obtenant ainsi une pièce de deux cents mètres carrés. Il aurait pu peindre en blanc ce vaste volume de béton, histoire de tirer parti des maigres vasistas qui l'éclairent, mais ce n'est pas un homme de lumière, et ce clair-obscur douteux sied parfaitement à un rat comme lui. Un coin-cuisine pourvu d'un évier et un chiotte sans porte ni chasse d'eau forment les éléments confortables du domaine. Des paillasses dispersées sur le plancher constituent des chambres sur lesquelles Félix jette son dévolu au gré de ses humeurs.

Contrairement à ce qu'a prétendu Alexandre-Benoît au téléphone, le repaire de notre misanthrope n'a pas été plastiqué mais mitraillé.

Le prof en personne me raconte son odyssée.

Il était occupé à déféquer, dans l'extrême pointe nord de son logis, lorsque deux individus survêtus de combinaisons bleues ont pénétré dans son antre. Ils portaient des casquettes de grosse laine, rabattables de façon à former cagoule.

Constipé de nature (alors que Béru l'est d'une manière exceptionnelle), le pédagogue aux gogues stationnait depuis lurette sur le siège où il somnolait en attendant mieux. Il a eu l'intuition de ne point se manifester en voyant surviendre les intrus.

Ceux-ci ont erré de grabat en grabat, jusqu'à ce qu'ils repèrent une couverture gonflée sous laquelle dormait Homère, le chat de Félix. L'animal était vieux et émettait dans son sommeil un vague ronflement que, la demi-obscurité aidant, les tueurs attribuèrent à son maître.

Sans tergiverser, ils sortirent des pistolets de leurs vêtements et arrosèrent copieusement le malheureux félin. Criblé de balles dont une seule, bien placée, aurait assuré son trépas, Raminagrobis décéda sans s'être réveillé. Belle mort pour un chat castré !

Leur forfait accompli, les meurtriers s'emportèrent prestement.

Le vieux pédagogue au pénis d'exception commente son aventure. Depuis bien des décennies, il a l'insigne sagesse de ne s'étonner de rien et de bannir tout sentiment excessif. Il prend le temps et les gens comme ils viennent et pour ce qu'ils sont. Nonobstant, il est très meurtri par la mort tragique de son compagnon.

– Votre feinte était bonne, déclare-t-il, mais ma protection insuffisante. Je dois d'exister encore un peu à ma paresse intestinale. Si je possédais une once de foi, je remercierais mon ange gardien de sa sollicitude, mais je préfère vénérer le hasard plutôt qu'un Dieu par trop évasif et indolent.

Ayant dit, il se signe furtivement

Je lui demande la raison de ce geste pieux.

– Simple précaution, me répond l'étrange agnostique.

Après la narration du digne pensionné, je passe un savon carabinier (il est de marque espagnole) au Jean-Foutre chargé de veiller sur notre ami. Tout avait cependant été prévu pour sa sécurité : une voisine coopératrice avait accepté que ce vigile de mes deux s'embusque derrière la porte située très près de l'escadrin menant au grenier de Félix. L'homme, un inspecteur rêvant davantage à sa retraite qu'à son avancement, avoue s'être laissé gagner par la promiscuité.

Sa provisoire logeuse, à la cinquantaine triomphante, comportait des renflures avant et arrière qui lui enfourmillèrent les mains. Il se risqua à les toucher : cela était doux et encore ferme ; d'autre part on ne le rebuffa pas. Il établit alors une tête de pont sur le mont de Vénus de la dame et ne tarda pas d'y planter son étendard (avec gland). Pour la commodité de l'exercice, elle le conduisit jusqu'à son lit de style Louis-Philippe où il la crucifia à l'aide d'un seul clou (mais de charpentier). C'est au cours de leurs ébats que les deux assassins rendirent visite à Félix avec l'intention bien arrêtée de faire cesser le versement de sa retraite.

Pauvre cher homme ! L'exécution de son matou lui fait racler la vase du malheur, comme disait le prince de Condé à sa concierge. Il ne pleure pas car il sait se dominer, mais le cœur saigne. Sa voix s'enroue et sa longue queue pend à l'intérieur du pyjama béant. Qu'en est-il de la période où il distribuait la photographie de son sexe à la terrasse des cafés avec, imprimé au verso, son numéro de téléphone ?

Je le lui demande, histoire de le soustraire au chagrin.

Le doux vieillard m'explique qu'à la suite de cette « campagne », il a eu des ennuis. Fort heureusement, un aliéniste de renom a certifié que cet être exceptionnel souffrait de troubles mentaux et le prof s'en est tiré avec une mise en disponibilité anticipée (de quelques mois seulement puisqu'il parvenait en fin de carrière).

Pour le consoler (il considérait son chat comme un parent), je lui offre une croisière à bord du

*Mermoz*, cela va lui permettre de renouer avec les dieux de l'Olympe, le prestigieux bateau s'en allant caboter dans leurs eaux.

Un peu plus loin...

Tête-à-tête avec mon *colored* pote, dans un bistrot proche de la place des Vosges, devant deux Branca Menta à l'arôme agressif. Nous mutismons de concert (pas de loup).

Torpeur. Des feuilles mortes déferlent en trombe dans la rue.

— A quoi penses-tu ? demandé-je au Mâchuré.

— A rien, répond-il : je bande.

— A blanc, si je puis me permettre ?

— Pas exactement : j'aperçois la chatte d'une fille, à deux tables de nous. Surtout, ne te retourne pas, ça romprait le sortilège.

— Elle est belle ?

— La fille non, mais son sexe est plaisant.

— Elle ne porte pas de culotte ?

— Si, mais inexistante ; tellement étroite qu'elle participe à l'écartement de sa vulve. Cette personne garde une jambe repliée sur la banquette, créant ainsi une providentielle brèche. Un présent du hasard, comprends-tu ?

— Pas de collants ?

— Des chaussettes.

– Que fait-elle, hormis montrer sa moule ?

– Elle écrit. Très vite, sur de grandes feuilles de papier. Je me demande si, à pareille allure, elle peut canaliser ses idées.

– Tu te rends compte de la somme de circonstances requises pour que cette personne t'exhibe sa connasse en cet instant ?

– Dieu existe ! déclare Jérémie, pénétré.

Il repart en contemplation.

– Je ne la boufferais pas, soliloque mon ami, car je pressens du « craignos » dans cette région, toutefois, je la prendrais volontiers.

– Veux-tu le lui proposer ?

– Penses-tu : elle gueulerait au charron. Un négro !

Je quitte ma banquette d'un cul délibéré et me dirige vers la personne de ses fantasmes. Il a raison : c'est pas Miss Univers. Mais t'aurais envie de tringler Miss Univers, toi ? La nière est plutôt rondelette, avec des cages à poumons comme les réacteurs d'un DC.8. Ses cheveux noirs, lustrés au beurre des Charentes, pendent sur la table. Temps en temps, elle les tire en arrière pour garder le contact avec son papelard.

Je m'arrête à son aplomb. Elle finit par relever la tête. Regard dur et direct, avec de petites lueurs dansantes.

– Quoi ? me coasse-t-elle rageusement.

Je lui montre discrètement ma brème souveraine, tricolore comme un 14 Juillet, et m'assois à sa table.

Ni ma qualité de flic, ni mon sans-gêne ne la dépourvent. Juste un poil de curiosité s'installe dans son iris.

— Sans doute l'ignorez-vous, attaqué-je, mais on a une vue imprenable de votre chatte.

Elle sursaute, réalise et déplie ses jambons. Interdite, confuse et furieuse, elle va sûrement me balancer sa tasse de caoua vide au portrait.

Mais non : elle se calme, finit par sourire.

— Merci de m'avoir prévenue.

— Seulement il est trop tard, assuré-je en grande sévérité.

— C'est-à-dire ?

— Vous apercevez le magnifique Noir derrière moi ?

— Eh bien ?

— Quinze minutes qu'il admire votre panorama. Vous savez combien ces Sénégalais sont sensibles ? Même la photo de la reine Mary les met en érection. Alors quand une personne comme vous les laisse admirer la case de l'Oncle Tom, c'est du délire !

Loin de se fâcher, elle éclate d'un rire qui l'embellit provisoirement.

Saisissant ses feuillets, elle les déchire lentement.

— J'écrivais mon désespoir à l'homme qui

vient de me quitter, mais il y a mieux à faire, dit-elle en allant rejoindre mon pote.

Le loufiat vigilant me sussure que « cette demoiselle » n'a pas réglé sa consommation.

Moi, tu me connais ?

– Qu'à cela ne tienne !

Jérémie se casse avec Mme de Sévigné.

Mon altruisme me laisse vacant.

## 8

Nous voici à nouveau seul à seul, mon vieux pays, comme déclamait le Colombiste à deux étoiles. Bérurier assiste au mariage d'un sien cousin et la Gloire du Sénégal file le parfait coït avec la personne dont je viens de mentionner.

Je me sens lourd de tout ce qui me choit sur la coloquinte par personnes interférées : Pamela en miettes dans son hosto, son daron abîmé en mer, le fils Charretier rapté, Félix attaqué dans son grenier de sombre Guignol...

Drôle de tableau de chiasse !

Et toi, Bite-en-berne, que glandes-tu dans ce troquet indigne de ta réputation ? Tu vas te carrer une cartouche de dynamite dans le recteur pour te donner de l'allant, ou bien ? Que deviens-tu ? Une bête crevée dans le courant du fleuve Vie ? T'as pas honte de chiquer les mollassons en contemplant ton verre ?

Mon caberluche est déconcentré par un fait surprenant : la rapidité d'action des gens mobilisés contre le magnat du blé ricain.

Il se fait tard. Le tapis où je mâchouille ma mélancolie commence à désarmer le navire. Le serveur d'origine surlatine met les chaises à plat ventre sur les tables vides. Ma nostalge gagne les lieux et les êtres qui m'entourent. Après la scarlatine et la grippe asiatique, rien ne se propage mieux que le vague à l'âme. Une poivrote boudinée dans un manteau de cuir râpé pour marchande des quatre-saisons (dirait Vivaldi), se commande un autre grand blanc, mais le loufiat objecte sa montre. Alors Mémère enfile ses mitaines trouées de saint-cyrienne, rajuste son béret blanc, rassemble son paquetage et sort en brimbalant du fion entre les tables.

Un seul être vous manque et tout est dépeuplé !

Je m'évacue à mon tour.

Qu'en est-il du sieur Blanco ? D'ac, je lui ai arrangé son coup de bite, mais c'est pas une raison pour me laisser quimper chaussette !

Un froid vif s'est installé sur Pantruche pendant que je libationnais.

Voilà ma tire, déjà un peu givrée, comme moi. J'y prends place. Le Négus se rapatriera en taxoche !

Direction, mon usine à dorme.

En attendant qu'un feu rouge cesse de me faire chier, l'idée me biche de passer par la clinique de Pamela. Elle aura peut-être retrouvé conscience depuis ma visite, la Ricaine ?

J'y fonce.

Quoi de plus sinistros qu'un établissement hospitalier, la nuit ! Mon coup de cafard se mue en neurasthénie. L'infirmière, une Martiniquaise de La Garenne-Colombes, veut m'intercepter, ma brème l'en dissuade.

Me voici à l'étage de ma visitée. Près de sa lourde, un gazman de la Grande Taule fait semblant de ne pas roupiller en ronflant, mais réagit lorsque je tourne la poignée de la porte. Se dresse, me reconnaît, me virgule un sourire comateux. Il a dû louffer abondamment car cette région du couloir fouette les rives du Gange par haute canicule.

— R.A.S. ? je demande.

— Tout est impec, monsieur le...

Il ne sait plus comment m'appeler depuis que j'ai un suce-secteur (comme dit le Gros pour « successeur »).

J'ouvre sur la pointe du loquet. Calme et silence, odeurs pharmaceutiques. La veilleuse bleutée fournit une lumière inexistante, à laquelle les yeux s'adaptent rapidos. J'avise la garde dans un fauteuil, un plaid sur les jambes, profondément endormie. A cinquante centimètres d'elle, la riche héritière repose. Elle a son oreiller sur le visage.

Troublant, hein !

Tu ferais quoi, à ma place ? Tu donnerais la grande luce ? Moi itou. On est faits pour s'entendre, non ?

Je cille. Mais si je savais ce que je vais voir dans quatre secondes, je clignerais des stores bien davantage.

L'auxiliaire porte sur le temporal une bosse en comparaison de laquelle une aubergine provençale aurait l'air d'une piqûre de moustique. Je me penche afin de vérifier si elle respire. La réponse est « oui ». Mais ce n'est pas l'euphorie. Le coup de goume a ramolli sa coucourbe. Le zig qui lui a placé ce gnon est capable de tordre une enclume dans deux doigts ! Presto, je m'occupe de Pamela, retire la masse de plumes.

Yayaïlle !

Excuse-moi de le dire en coréen, mais je ne trouve rien de plus expressif pour manifester ma réaction (thermidorienne). La pauvre milliardaire n'aura pas disposé longtemps de son héritage. On lui a cigogné la gorge à coups de poinçon. Son corgnolon est pratiquement déchiqueté. A combien de reprises l'instrument métallique a-t-il plongé dans son gosier ?

Méfait de fou ? De sadique en tout cas. Bonjour les vocalises ! Quand tu te gargarises avec un outil de dix-huit centimètres, t'es naze pour la *Scala de Milano*. L'égorgeage pratiqué, le meurtrier lui a plaqué son oreiller sur le museau.

Je retourne à la lourde pour appeler le planton. Il grille une sèche en faisant les dix pas (sa mission lui interdisant d'en parcourir cent).

— Vous avez un instant, mon vieux ?

Vite, il écrase son clope contre sa semelle, le furtive dans sa vague et me rejoint.

— A vos ordres, monsieur le...

Cette fois ce n'est pas le choix de mon titre qui le muettise, mais le spectacle. Ses lotos délicatement injectés de vin vont de sa partenaire à la blessée.

— Oh ! Putain ! finit-il par éructer.

— N'est-ce pas ?

— Elles sont ?...

— Un peu délabrées ! complété-je. Particulièrement la demoiselle sur laquelle vous deviez veiller.

Il retire de sa profonde son ci-devant mégot, va pour le rembecter, renonce. Sa mâchoire inférieure s'apparente à un sabot de croupier.

— Qu'est-ce qui a pu se passer ? demande-t-il d'un ton peureux.

— Ça ! fais-je. Pensez-vous pouvoir réussir dans le commerce des moules, ou dans celui du sapin de Noël ? Parce que, pour ce qui est de la Rousse, y aurait comme un défaut.

De saisissement, il file un vent de noroît qui, on le pressent au bruit, a dû laisser des traces de freinage dans la voilure.

– Je n'y comprends rien, dit-il d'une voix morte. Je n'ai pas bougé d'ici.

– Fâcheuse somnolence.

– Non, non, écoutez, monsieur le... Je m'assoupis, mais le moindre bruit me réveille. Vous avez bien vu, tout à l'heure ? Dès que vous vous êtes approché, j'ai réagi. A la brigade, je suis un spécialiste des « planques » à cause de cette faculté.

Il est très malheureux !

Une obscure pitié me biche.

J'inspecte la pièce. Pas d'autre issue que la lourde et la fenêtre, encore cette dernière est-elle fermaga de l'intérieur. Les cagoinsses ne comportent qu'un fenestron par lequel un chat aurait de la peine à passer.

Je reviens à mon planton.

– Écoute, mec : rassemble à ce qui te reste de chou pour venir à bout de ce casse-tête.

Mon ton conciliant lui redonne espoir.

– FATALEMENT, attaqué-je, le ou les tueurs sont entrés par la porte. As-tu quitté ton poste un moment, ne serait-ce que pour aller aux chiches ?

– Je suis venu relever Dargiflard il y a à peine une heure et je n'ai pas eu besoin de m'absenter.

Et voilà, tu sais quoi ? Ce guetteur flatulent se permet de me saisir le poignet.

– Ah ! mais, attendez ! dit-il. Attendez !

J'attends avec la docilité du godemiché libéré

de ses obligations. Objets inanimés, avez-vous donc une âme ?

Il branle le chef, ses lèvres se reprennent à trembler.

— Non, ce n'est pas possible ! qu'il blagouche, tandis qu'un filet de salive dégouline de ses labiales comme de celles d'un bulldog devant une charcuterie.

— Dis toujours !

— Peu de temps après mon arrivée, une équipe est venue donner des soins à la Ricaine. Deux infirmiers et une infirmière. Ils poussaient un gros appareil à roulettes, genre machin de réanimation.

— Et alors ?

Le bon mec hausse les épaules :

— Je me disais que peut-être...

— Non, pas peut-être : sûrement ! Décris-les-moi !

— Tous les trois portaient la tenue de l'hosto : pantalon blanc, blouse et calot verts. La fille était blonde, jeune, avec des lunettes cerclées d'or. Les hommes m'ont paru costauds. L'un d'eux a un collier de barbe noire, son compagnon une cicatrice sur l'arête du nez.

— Pas mal, grand ; tu te mets à regrimper dans mon estime. Assieds-toi à cette petite table et rameute tes souvenirs pour me dresser un descriptif complet ; sers-toi du papier de la clinique !

Il biche. Une auréole d'humidité se constitue

sur son grimpant. Son drame, c'est le manque d'étanchéité.

Pendant qu'il phosphore, j'use de mon portable pour appeler l'Hôtel-Dieu à l'intention de ma petite collègue saccagée. Nous sommes dans une clinique, m'objecteras-tu ; je te répondrai que je préfère les usines dûment équipées aux gentil-hommières chicos dont l'efficacité a des limites.

Ce coup de turlu effectué, j'en donne un second à nos services Labo pour leur demander de venir procéder sur place aux examens d'usage.

A sa table, mon veilleur de nuit se concentre sur sa dissertation.

— T'as pas remarqué si ces fameux infirmiers portaient des gants ? l'interromps-je.

Dure réflexion. Son sourcil droit remonte au milieu de son front. Il plonge dans une rétro-spective acharnée.

— La femme, peut-être, finit-il par éjaculer ; mais pas les hommes.

## 9

Deux heures de la nuit sonnent à la vieille horloge dauphinoise lorsque je pénètre en notre logis.

Comme à l'accoutumée, je renifle pour déterminer ce que m'man a préparé. Pas une femme ne s'alimente aussi frugalement que ma Féloche ; pas une ne cuisine aussi bien. Elle confectionne de la frigouze délectable pour moi tout seul, mes déplacements ne changent en rien cette habitude, j'en suis certain. D'ailleurs, les bonnes se font du lard chez nous. En moins de jouge, la plus filiforme se transforme en barrique, pour le plus grand bonheur de ma *mother* adorée.

A peine ai-je pénétré et humé des relents de rognons sauce madère que j'avise un rectangle de faf sur le sol.

J'y lis :

*Mon Grand,*

*Ne fais pas de bruit en rentrant ; quelqu'un dort sur le canapé du salon.*

*Si tu n'as pas dîné, fais-toi réchauffer les rognons qui sont dans une coquelle [1] sur le coin de la cuisinière.*

Combien ai-je trouvé de messages semblables au cours de notre vie ? J'aurais dû les conserver. Mais lorsque ma Vieille ne sera plus là, les « marques souvenirs » deviendront inutiles : ce sera elle, le souvenir.

Je ramasse pieusement le papier en me demandant qui peut dormir au salon ? D'autant que nous possédons une « chambre à donner » dans les combles. Il me faut tout le savoir-vivre dont je dispose pour me retenir d'aller voir.

Pendant que le plat chauffe, je débouche la bouteille de chambertin chargée de l'escorter en mes divines profondeurs. Chez nous autres Hexagoniers, la bouffe occupe une place prépondérante. Au cinoche je frémis quand, dans un film ricain, je vois les héros morfiller des sandouiches aussi tristes que nos feuilles d'impôts. T'es pas un véritable vivant si tu comportes en mange-merde !

Je clape silencieusement, en évoquant l'ahurissante affaire que le destin m'a envoyée.

Racontars d'un adolescent retour de London, et me voici plongé dans une guérilla pas charançonnée.

Certains plats, je me meurs à le répéter, plus ils

---

1. Coquelle : casserole de fonte dans notre Dauphiné.

sont réchauffés, meilleurs ils deviennent. Mémé affirmait que des trucs comme la blanquette ou le cassoulet, fallait les laisser « tatarler ». Voilà pourquoi elle en préparait beaucoup à la fois, pour le bonheur du réchauffage.

Tu dois penser, mon lecteur, que je suis à côté de la plaque. Parler bouffetance en un moment authentiquement dramatique dénote une singulière légèreté chez un homme ployant sous d'aussi graves responsabilités. Que veux-tu, mon albinos aimé : telle est ma nature. Je primesaute, batifole des méninges ; seulement, parallèlement, un turbin monstre s'opère sous mon haut-de-forme.

J'attaque les rognons de m'man avec l'émotion qui me saisit le jour où je fus reçu en audience privée par Mlle Violette Dubrac, la Reine de la Pipe, dont la grande spécialité était la fellation au thé de Ceylan : pratique d'une qualité exceptionnelle dont moult hommes politiques, vedettes de cinéma et monarques étrangers se souviennent encore.

Adepte inconditionnel de la moutarde Amora extra-forte, à nulle autre pareille, je savoure cet indicible plat avec le recueillement d'un prélat romain.

Un heurt discret à la porte m'incite à avaler tout rond la fournée de fricot que je viens d'entonner.

Manque m'étouffer.

Mais l'être qui m'apparaît me cause un mal beaucoup plus incommensurable que l'asphyxie.

Des années sans nouvelles !

Et puis, soudain, elle ! Qu'écris-je, je voulais dire : ELLE ! Voire même : E.L.L.E. !

Seconde monumentale ! Instant d'essence divine. De quoi en mourir de trop tout, car c'est *too much* !

Un tel paroxysme peut provoquer le décès brutal d'un individu ; pour le moins le rendre inapte, inepte aussi du temps qu'on y est.

Je la regarde, chaque pore de ma peau devient un œil scrutateur. Mon âme débordée ne peut plus suivre.

Elle ne pénètre pas dans la cuisine, son épaule droite prend appui contre le chambranle. Elle me capte, reste grave, muette, intense.

– Toi ! fais-je, à court de réactions intellectuelles.

– Je ne pense pas, répond-elle, car je crains d'être devenue quelqu'un d'autre.

Je me gargarise les châsses ! Seigneur, ce qu'elle est belle ! « La Femme de trente ans » que cause Balzac ! Le cheveu châtain clair, mince, les nichebabes discrets mais bien accrochés, son visage un peu pâle est criblé de taches rousses. Elle a toujours ses yeux incisifs et prompts qui voient et comprennent tout...

– Marie-Marie...

Me dresse si gauchement que je renverse mon verre de vin sur la table. Lors, la Musaraigne d'autrefois va prendre une patte à vaisselle pour éponger le divin breuvage.

M'est impossible de faire un geste. J'écoute seulement cigogner mon battant.

Trois ans sans nouvelles ; peut-être quatre, faudrait compter. Parfois je demande à maman si elle a reçu une lettre de la môme. Féloche a un bref haussement d'épaules. Je pige qu'elle ne tient pas à aborder le sujet et n'insiste pas. L'existence est vacharde, qui unit des êtres et les sépare.

Mon picrate étanché, Marie-Marie s'assied à la table. Dit, montrant les rognons :

– Une féerie pour le palais, « elle » reste de première !

– D'où viens-tu ?

– De Suède.

– Qu'est-ce que tu foutais dans ce pays plat et glacé ?

– J'étais mariée.

Je m'écrie :

– Encore !

– C'est en forgeant qu'on devient forgeron. J'ai tenté une deuxième expérience. Elle s'est montrée presque aussi décevante que la première ; heureusement mon second époux s'est tué en faisant du vol à voile.

Son cynisme me fait grincer des paupières.

— Tu ne l'aimais pas ?

— Je n'aimerai jamais qu'un homme. Tu parles d'une fatalité !

Son regard se dérobe. Elle a un sourire triste comme un enterrement en musique.

— Et la Police ? Tu travaillais pour certain service, passé un temps ?

— J'ai laissé tomber. Trop de routine, de désillusions... On a beau se raconter des histoires, ça reste administratif. A cause de ton exemple, je m'imaginais avoir le feu sacré. Mais les feux sacrés meurent quand ils n'ont plus rien à consumer. Et puis, le moment est venu de te le dire : j'ai un enfant.

Là, il blêmit l'Antonio ; comme dans les vrais livres où la stupeur fait blêmir les personnages.

— Toi !

— Je suis apte à procréer, tu sais. J'ai une petite fille.

— Quel âge a-t-elle ?

— Trois ans. Tu me l'as faite l'après-midi précédant mon départ. Nous étions allés dans un petit hôtel de la rue Chalgrin, t'en souviens-tu ? Une fringale nous avait saisis. Nous ne nous sommes même pas dévêtus.

Putain ! Qu'est-ce qui m'arrive ? Des mois que se préparait cet instant de grande dramaturgie ! Quelque chose d'inconnu se rassemblait en moi. Genre maladie incurable. Un manque que je ne

parvenais pas à combler. Chagrin informulé,
sournois.

Elle murmure :

— Tu es effrayé ?

— Pire que ça !

Ça tournique dans ma caberle.

— Comment s'appelle-t-elle ? fais-je à voix
basse.

— Comment veux-tu qu'elle s'appelle ? Antoinette, bien sûr !

— Et tu ne m'as rien dit ?

— Parce que tu aurais tout lâché pour m'épouser ! J'ai préféré me marier avec un autre et te laisser continuer ta vie. La liberté est ton humus.

— Où est l'enfant ?

— Pourquoi crois-tu que je dors au salon ?

— Là-haut ?

— Oui.

— Tu la laisses seule ?

— A sa naissance j'ai pris une nurse à laquelle
Antoinette s'est farouchement attachée ; je la gar-
derai au moins jusqu'à ce que la petite soit scola-
risée.

— Elle porte le nom du Suédois ?

— Il voulait la reconnaître, mais j'ai refusé.
Quand on est l'enfant de San-Antonio, on ne peut
avoir un autre nom que le sien ou celui de sa
mère !

— M'man est au courant ?

– Depuis cet après-midi seulement. Je l'avais prévenue de l'arrivée d'Antoinette, mais sans lui préciser qui en était le père.

– Elle doit être folle de bonheur !

– Plus que ça ! Tu ne trouves pas que notre histoire tourne au roman d'amour début de siècle ?

– Je m'en fous. L'important est que ce soit. J'en ai marre du cynisme ronflant, fais-je.

On toque à la lourde : je reconnais l'index de ma Vieille.

J'ouvre, et ce qui subsistait d'univers me « débaroule » dessus, dirait-on chez nous autres « magnaux ».

M'man est là, statue de la Très Sainte Vierge Marie, tenant un enfant mal réveillé dans ses bras.

*Vacca* ! Cette secousse dans la moelle pépinière (dixit l'Infâme).

Antoinette !

On a beau posséder quelques dons littéreux, faire jeu égal avec M. Giscard d'Estaing au plan de la prosodie, il est des instants culminants où les mots ne sortent pas, kif la pâte dentifrice dont le tube a été oublié ouvert dans un tiroir.

Tu verrais cette merveille !

Antoinette est châtain-tirant-sur-l'auburn, genre sa *mother*. Elle aussi a les pommettes parscmées de points roux. Mais là s'arrête leur ressemblance. Tout le reste est signé San-Antonio, mes drôles. Les yeux, la forme du visage, le nez, les

oreilles et jusqu'à ses ongles de pouces plus
larges que la normale.

De son regard brouillé par la dorme elle me
considère avec une curieuse gravité. On croirait
qu'elle cherche dans ses souvenirs naissants où et
quand elle m'a rencontré.

Je vais te le dire, ma fille : c'était une piaule
faite pour les brèves étreintes, au lit malmené par
des chiées de gens en mal de baise.

Maman me la tend.

M'en saisis à gestes craintifs.

Enfouis mon tarbouif dans ses cheveux fous.

Est-ce pour cet instant que je suis né ?

## 10

Je voulais entraîner Marie-Marie dans ma piaule de célibataire, mais elle a refusé.

– Je ne suis pas venue *pour ça*, me dit-elle.

La regarde jusqu'au fond de la France. Me retiens in extremis de goujater par un « pourquoi es-tu venue, alors ? ».

Nous sommes seuls au salon dont le canapé est équipé en plumard.

– Qu'est-ce qui t'a décidée à rompre ton secret ? demandé-je-t-il.

– Ma conscience. Une nuit, je me suis réveillée en sursaut avec la certitude que je n'avais pas le droit de te taire plus longtemps cette paternité, car l'enfant t'appartient autant qu'à moi. L'idée s'est développée et me voici.

– Que comptes-tu faire ?

– Retourner en Suède.

– Qu'est-ce que tu fabriques là-bas puisque ton époux est mort ? Tu aimes tellement les harengs à la crème ?

Elle me considère avec mélancolie et répond :

— J'ai ouvert une école de cours accélérés où l'on enseigne le français, l'anglais et l'italien. Nous sommes trois professeurs, ça marche très bien.

— A part ça, tu es une riche veuve ?

— Aisée, ça suffit.

— Si je résume, tu es venue me montrer notre fille et tu la remballes aussi sec ?

— Tu la reconnaîtras avant que je reparte ?

— Je vais me gêner ! Seulement mes fibres paternelles toutes neuves ne s'accommoderont pas d'une existence séparée.

— Je la laisserai à ta mère quelques semaines par an et tu pourras venir la voir quand tu voudras.

— Tu penses que c'est l'idéal pour une môme de rencontrer son père sur un rendez-vous ?

— On peut toujours commencer ainsi.

Tu sais qu'elle est authentiquement belle, la « poulbote » de jadis ? Elle a gagné en grâce et en sûreté, en élégance également, s'est affinée, affûtée serait plus juste.

— Tu me fais un cadeau empoisonné, Marie-Marie. Tu m'as déjà volé trois ans de sa vie et tu entends me rationner pour le reste ?

Elle s'apprête à répondre vertement quand un coup de sonnette déchire le silence, comme il s'écrit dans certains *books* pour branleurs ambidextres.

D'un même élan, nous consultons nos montres. Trois plombes du mat'. Même les bourreaux d'autrefois ne se manifestaient pas à cette heure.

Mais quoi : j'exerce un métier abolissant conventions et civilités.

Je m'enquiers au parlophone.

— Ici Charretier ! bafouille le croque-mort.

— Entrez ! murmuré-je, sans grand bonheur dois-je avouer.

Et d'actionner la lumière extérieure.

— Qu'est-ce ? demande la mère de mon enfant.

— Un voisin dont on a kidnappé le fils.

— Mon Dieu ! s'exclame-t-elle, comme dans *Les Feux de l'Amour.*

L'homme se pointe dans le jardin gelé, frotte ses lattes sur notre paillasson neuf. Il a le pique-brise violacé et le teint de ses clients.

— Je vous demande pardon, dit le malheureux père. Ne pouvant dormir, j'arpente le quartier. J'ai vu de la lumière chez vous et je me suis permis...

— Vous avez bien fait.

Il salue Marie-Marie.

— Madame, sans doute ?

— Pratiquement.

— Des nouvelles de Paul-Robert ? coasse-t-il peureusement.

— Pas encore ; nous devrions en avoir demain...

Il m'est arrivé, au cours de ma carrière, d'être

confronté à des rapts d'enfants. Je croyais éprouver la mortelle angoisse des parents ; mais j'étais loin du compte. J'évoque la poupée endormie, là-haut, ses cheveux ondulés, son regard presque bleu, si attentif au monde, déjà !

— Je me doute de ce que vous ressentez, monsieur Charretier, cependant vous devez garder espoir.

Il secoue sa pauvre tête désemparée.

— Mon fils est un adolescent au témoignage fiable. On l'a kidnappé pour qu'il ne puisse reconnaître les agresseurs de l'Américaine. Or, il n'existe qu'un moyen de rendre les gens muets définitivement...

Des larmes creusent leur lit dans sa barbe de la nuit.

— Allons, allons, murmure le papa d'Antoinette, vous regardez trop de feuilletons télévisés, mon ami. Il n'y a plus que ça sur nos écrans ; ça et des pubes sur les chicaneries mensuelles des femmes et leur incontinence ! Ils vont finir par nous dégoûter de nos compagnes.

Tout en parlant, je suis allé chercher une bouteille d'eau de noix ramenée de nos « terres froides ». Lui en sers un plein verre.

— Buvez, Charretier. Ensuite vous rentrerez dormir, histoire de reprendre des forces.

Il opine, écluse de la façon dont les condamnés à mort dégustaient leur coup de Négrita avant de passer au coupe-cigare.

Je l'escorte jusqu'au portail poisseux de givre. Le ciel reste clair. Une confuse lueur naît à l'ouest de Pantruche.

Ma « Suédoise » m'attend sur le perron.

Je m'immobilise dans la pénombre pour l'admirer.

Cette soirée restera à tout jamais gravée dans mon cœur.

## 11

Que je te fasse rire, comme disent les moudus avant de te raconter une histoire lamentable : nous nous sommes endormis sur le canapé-lit du salon sans avoir limé la moindre. Pas même un échange de pelles ! Juste un moment, je lui ai placé une main tombée dans la fourche à moustache ; seulement Marie-Marie a bloqué son système de sécurité et c'est tout juste si j'ai pu me rendre compte que sa culotte était beaucoup moins sèche que notre four à micro-ondes. N'ai pas insisté.

Ce sont les petites péteuses qu'on force, sachant qu'elles ne résisteront pas à nos entreprises ardentes. Les intellos, telles que ma Musaraigne, faut jamais les brusquer : elles fonctionnent au chou et c'est grâce au cérébral que tu arrives à tes fins. En faisant le grand tour.

Donc, nous nous sommes abîmés, épuisés de fatigue et d'émotions.

Au matin, Antoinette nous a réveillés. Elle est

entrée brusquement au salon, s'est approchée du canapé pour nous contempler, troublée de voir sa maman étendue au côté d'un homme à peine entrevu cette nuit. Elle portait une robe de chambre blanche brodée de petits bateaux bleus, des chaussons en forme de lapin aux longues oreilles. J'ai retrouvé ses yeux pensifs, étranges chez une enfant de son âge.

Puis sa nurse a surgi. Un grand cheval scandinave aux cheveux d'un blond presque blanc et une immense bouche faite pour tailler deux pipes à la fois.

Elle m'a jeté un regard réprobateur en murmurant une phrase d'excuses en suédois décadent. Y a des dialectes qui me font chier sans que je les comprenne. Le sentiment qu'ils servent à pas grand-chose et que ça ne vaut pas le coup d'enseigner ces guttureries alors que t'as tant de jolies langues latines.

Marie-Marie a tendu les bras à sa fille et a dit à la grosse guerrière nordique de s'évacuer.

Au début, tu ressens un sentiment de bonheur teinté de ridicule. Se mettre à jouer papa-gâteau déroute pour un gusman menant mon existence. Tu n'es que gaucherie et tu te comportes en t'efforçant de chasser ta gêne. Et puis la vie opère son entrée en scène, son entrée en cœur, et alors tu glisses dans la félicité kif dans un bain tiède.

Seigneur ! ce qu'elle sent bon, cette moufflette ! Une odeur de nid, n'ayons pas peur des clichés.

Elle parle le français sans accent, avec déjà un bon début de vocabulaire.

Pour l'apprivoiser, je lui plaque des baisers (un cucudet écrirait « des bisous ») dans le cou. Un certain sentiment de défiance, elle éprouve, style « d'où sort ce mec mal rasé ? » Puis elle s'abandonne et, bientôt, nous rigolons comme des fous, tous les deux.

Le caoua du matin est toujours stimulant, même à onze plombes. J'en suis à écluser ma quatrième tasse lorsque Jérémie Blanc déboule chez moi, joyeux parce que essoré de fond en comble.

— Comment ça s'est passé ? demandé-je.

— Formidable ! Une extraterrestre de l'amour ! Je l'ai astiquée pendant trois heures et elle en redemandait encore ! Cette frémissante venait de se faire larguer par un jobastre et avait décidé de se foutre à l'eau. Nous l'avons sauvée de justesse.

Je lui sers un café.

— Tu le prends toujours sans sucre ?

Il opine, puis interroge :

— J'ai aperçu une adorable gamine dans le jardin, avec un manteau de fourrure ; de la parenté ?

— Oui, dis-je : c'est la petite-fille de Félicie.

Il ne réagit pas immédiatement. Mais après un instant de réflexion, demande :

— Comment, sa petite-fille ? Tu as des frères et sœurs ?

— J'ai toujours été fils unique et entends bien le rester.

Tu verrais sa gueule bananiesque ! Ses lotos démesurés, sa bouche mousseuse.

— Attends, murmure l'escaladeur de cocotiers, tu voudrais dire que cette gamine...

— C'est du San-Antonio pur jus de couilles, mon Grand !

Je lui résume ma fabuleuse fin de nuit. Tu sais qu'il en pleure, le Mâchuré ? Ce ne sont pas des larmes de crocodile !

Son premier réflexe ?

— Tu vas la reconnaître, dit-il.

Ce n'est pas une question mais une impération. Tiens, ça y est : je viens de créer le point d'impé- ration. Nous a-t-il manqué, le coquin ! Mais qu'est-ce qu'ils foutent les grammairiens ? S'astiquent le nœud sous leur table de travail ? Ne se rendent pas compte de l'urgencerie de la chose, de son « impérativité » ?

Reste à décider du signe. Je verrais un machin de ce genre : « * » ; y a sûrement mieux à trouver, faudrait que des lettristes envisagent la chose.

— Marie-Marie n'est pas là ? demande mon *Black-man*.

— Elle est partie à la mairie, se renseigner sur les formalités à suivre pour une reconnaissance en paternité.

Il hoche la tête.

— Toi, en père de famille, ça va faire bizarre.

— Tu m'estimes incapable d'assumer ce rôle ?

— J'ai pas dit ça. Simplement, va falloir s'y habituer.

On joue cassos. Dans le jardin, il veut prendre la mouflette dans ses bras, mais ce grand tout noir, si éloigné des Scandinaves, l'effraie et elle court se réfugier dans les jupailles de son ogresse blonde.

— Où allons-nous ? s'enquiert mon frère de cœur.

— Chez les vieux du gamin kidnappé : c'est à deux pas.

On s'y rend pédestrement. Tout en cheminant, je lui apprends le meurtre de Pamela.

Il en est sidéré.

— Dis donc : cette affaire prend de l'ampleur !

— Et je sens qu'on en est au début ! Tu penses revoir ta Mme de Sévigné incandescente ?

— Un lot de ce calibre, ça s'exploite.

— Autrefois, tu ne trompais jamais Ramadé, murmuré-je, cette perspective te faisait horreur...

Il a la réponse qui s'impose, brève et cinglante :

— C'était *autrefois* !

Bon, voilà la crèche des Charretier : une maison de meulière avec des coquilles cimentées dans l'entourage des fenêtres et un paillasson monogrammé, comme celui du prince Napoléon.

La *mother* éplorée délourde. Visage bouilli par le chagrin et l'insomnie.

— On a retrouvé son corps ? glapit-elle.

— Hé là, doucement ! m'emporté-je, agacé par la théâtralité de cette gourde, tandis que son mâle surgit des cagoinsses, les bretelles traînantes telle une queue bifide.

Découvrant Jérémie, il clapote dans son égarement :

— Monsieur est nègre ?

Voulant sans doute demander s'il est policier.

— Pas du tout ! le détrompe mon Valeureux. Ramoneur seulement.

Le bruit miséricordieux de la chasse d'eau se mue en un murmure de source avant de s'interrompre tout à fait.

— Nous souhaiterions visiter la chambre de Paul-Robert, fais-je.

Les deux glandus nous guident par l'escalier. La piaule du gamin est la première à droite.

Ses dimensions et son aménagement tendent à faire croire que les darons du disparu ont un standing supérieur à celui des Malapry. A preuve : il dispose, pour faire ses devoirs, d'un bureau en acajou et, pour ses branlettes, d'un cabinet de toilette attenant.

Le Noirpiot s'assied sur la chaise de l'étudiant et inventorie les tiroirs.

— Que fait-il ? demande dans un souffle la mère du ravissé.

– Il cherche, réponds-je.

– Quoi ? dit le père.

– Il l'ignore, expliqué-je, mais le saura quand il aura trouvé.

Ce résumé d'une action policière accroît leur éplorance.

Dans notre job, la présence de la famille constitue un poids mort. Je n'ai pas le courage de virer ceux-ci de la manière anticonformiste dont j'ai évacué la dabuche de Bernard, naguère.

Tandis que le Blondinet des savanes entreprend le burlingue, moi je m'attaque au placard mural. Des fringues dans la partie penderie, pas en masse : « on grandit tellement vite à c't'âge-là ». Principalement des jeans, des tee-shirts, des trucs de sport. Chaussures de ski. Je passe mes pognes à l'intérieur de ces tartines pour robot. De l'une d'elles je ramène un paquet de lettres réunies par un ruban. Toutes sont écrites en anglais et émanent d'une certaine Juny Largo, de Manchester, sa correspondante britannique, je suppose. Elle doit être plus âgée que Paunert, car elle travaille dans une étude d'avocats à Londres.

Les parents étant occupés à surveiller les agissements du « Grand Nègre », j'enfouillasse les missives avant de pousuivre mes investigations, comme on dit puis en littérature de première classe.

Notre perquise achevée, les pauvres géniteurs

demandent si nous avons trouvé des éléments sus-
ceptibles de faire progresser l'enquête.

Je leur réponds« qu'il faut voir ».

Cette précision ne paraît pas les raies cons fort
thé.

## 12

Réunion au sommet !

Le directeur nouveau la préside, sans pour autant me faire de l'ombre, à moi qui le prédécessa. Assis côte à côte à la vaste table des conférences, nous constituons désormais une hydre à deux tronches ; j'apprécie son comportement. Il est rarissime qu'un roi partage sa couronne spontanément et avec autant de gentillesse.

Tout l'état-major est laguche pour, a bien précisé Mouchekhouil, « avancer la main dans la main en évitant de mettre les deux pieds dans le même sabot ».

Pour commencer, je me livre à un résumé suceseins de l'affaire. N'*after* quoi, Bingo en tire un premier faisceau conclusif.

A savoir que Pamela Grey a été attaquée gare du Nord pour provoquer la venue de son père à Pantruche. Il tique lui aussi sur la promptitude « d'exécution » des gens qui s'en sont pris au

« roi du blé ». La façon dont ils ont utilisé sa fille pour l'appâter, puis dont ils les ont liquidés, révèle une bande sérieusement organisée. Ces gens pratiquent la politique de la « terre brûlée » : à preuve, le rapt du jeune témoin et la tentative d'assassinat contre M. Félix.

Là, je place un drop-goal d'un coup de saton magistral, interrompant le discours de mon co.

— Y a comme un défaut ! laissé-je tomber.

— Vraiment ? s'inquiète Bingo.

— Nous avons communiqué aux médias le nom du père Félix, *mais pas celui du môme Charretier. Comment, alors, les tueurs ont-ils eu connaissance de son existence ?*

Mes auditeurs, dirluche en tête, restent cois.

— S'ils ont pris au sérieux le pseudo-témoignage du vieillard, poursuis-je, c'est parce qu'ils ignoraient le rôle de Paul-Robert. C.Q.F.D.

Le silence de l'assistance se prolonge.

— Effectivement, finit par convenir mon sucecesseur.

Mes arrière-pensées butinent mon esprit avec un acharnement d'abeilles désireuses d'en mettre un rayon. Me viennent des bribes d'idées, des projets de déduction ; rien de bien solide encore. Faut que cela s'assemble.

— Je crois, soupiré-je, que nous devrions remettre cet os à plus tard et poursuivre ce tour de table.

Approuvé !

Je passe le micro à l'ineffable Rouquin, drôlement *hurff* dans un costard de velours noir qui met en valeur le Van Gogh lui tenant lieu de perruque.

– Qu'ont donné les relevés d'empreintes effectués dans la chambre de miss Grey ?

Là, il biche, le Prix Cognacq de la grosse veine bleue ! C'est son instant. Il l'attendait en promenant sa dextre attaquée par les acides sur le zoizeau frétilleur embusqué à l'orée de sa braguette.

Il déclare, avec la voix qu'avait Adolf Hitler quand il vendait des croix gammées en chocolat sur les marchés, au moment des fêtes de Noël :

– Je suis en mesure de fournir l'identité des hommes qui ont tué Pamela Grey.

D'exaltation, Bingo faillit actionner le système éjectable de son dentier.

– En vérité ! s'exclame-t-il.

Le Rouque ouvre la chemise en bristol rouge placée devant lui.

– Grâce aux empreintes, je puis, sans le moindre doute, affirmer qu'il s'agit de deux repris de justice notoires. L'un se nomme Angelo Angelardi. C'est un élément de la Mafia sicilienne exilé en France où il s'est livré à des actions de grand banditisme. Condamné à quinze ans de réclusion pour le meurtre d'un convoyeur de fonds, évadé de la centrale de Poissy.

« Le second ne vaut guère mieux. Il s'appelle

Pierre Labé, natif de Saint-Malo, accusé de meurtre et de tentative d'assassinat, il est surtout connu pour ses viols à caractère monstrueux. Il accède au plaisir en découpant les seins de certaines filles au système mammaire surdéveloppé. Peu lui chaut l'âge et la beauté de sa victime, seul le volume de sa poitrine l'intéresse. Il ne tue pas les femmes martyrisées par ses soins, si j'ose parler ainsi. Une fois assouvi, il leur demande même pardon de les avoir saccagées. Il lui est arrivé de pleurer à la vue de son forfait. »

Ayant dit, le Blondirouge fait circuler les photos des deux messieurs.

Tu t'attends à voir des frimes de forbans, mais tu en es pour tes frais. Bien que ce soient des portraits de l'Identité judiciaire, ces gueules paraîtraient normales, voire avenantes, n'était le regard des inculpés. Le Rital possède des quinquets impassibles, tant tellement qu'ils font froid aux valseuses. Les falots du Breton seraient plus expressifs, mais il y brille une lueur qui inciterait un usurier syrien à léguer ses biens à une œuvre caritative, plutôt que de le laisser entrer dans sa boutique.

Le dirluche en titre interroge :

– Un mandat d'arrestation a été lancé contre ces individus, je gage ?

Il gage bien, Bingo, en oubliant une chose : c'est que les archers de la République ont tous, depuis des mois, une affichette reproduisant les frimes de ces gentlemen dans leurs poulaillers.

— Il va falloir intensifier les recherches ! fait-il doctement. Nous allons vous donner de gros moyens pour battre en brèche ces convicts. C'est la mobilisation générale ! L'hallali !

Tiens, il me rappelle le Vieux dans ses grandes périodes de péroraison glandulaire. C'est Achille sans son côté Grand Siècle.

— Je veux un filet aux mailles fines, messieurs, qu'un goujon ne saurait franchir ! Pas de cadeau pour ces sanguinaires. Ils bougent un cil, vous tirez ! Ce sont nos instructions, à San-Antonio et à moi ! Cela dit, il serait préférable de s'emparer d'eux vivants ; n'oubliez pas qu'ils détiennent un adolescent en otage...

Dislocation de l'assemblée.

— Vous paraissez rêveur ? s'inquiète Mouchekhouil.

— Il y a de quoi réfléchir.

— J'en conviens. Quel est votre sentiment ?

— Réservé. Nous avons affaire à des malfrats pas comme les autres. Il est évident que le coup vient des *States* et que les « manipulateurs » ont engagé de la main-d'œuvre européenne.

— C'est bien mon avis. Ne pensez-vous pas qu'il faille prendre contact avec le F.B.I. ?

— Si vous voulez que l'enquête nous échappe, il n'y a rien de mieux à faire !

Mon successeur opine.

— Ne pas monter bien haut, peut-être, mais tout seul, rostande-t-il.

— Vous avez tout compris, acquiescé-je en me levant.

*
* *

Toujours escorté de Jérémie, je passe prendre des nouvelles de notre malheureuse collègue, sauvagement agressée au chevet de la fille Grey.

État sérieux mais satisfaisant, m'assure l'interne de service en nous drivant à son chevet.

Fectivement, la courageuse femme repose sur sa couche blanche souillée de son sang généreux. Elle me reconnaît et un gentil sourire fleurit ses lèvres desséchées. Sa tronche enrubannée de gaze ne laisse disponibles qu'un œil et la bouche.

Je presse ses doigts posées sur le drap, prononce des paroles réconfortantes garantisseuses de promo.

— Vaillante amie, attaqué-je-t-il dans la nuance, avez-vous la force de me raconter ce qui s'est passé ?

— Bien sûr, répond cette gazelle foudroyée. Au cours de la nuit, une infirmière et deux de ses collègues sont entrés dans la chambre. L'un d'eux poussait un appareil à roulettes. L'autre est venu sur moi, a sorti un instrument de sa blouse et m'a asséné un coup sur la tête. J'ai à moitié perdu conscience, pas suffisamment cependant pour ne pas sentir sa main entre mes cuisses et entendre l'infirmière lui dire : « Vous croyez que c'est le moment ? » Alors il a retiré sa main, puis m'a frappée à nouveau sur le crâne et je me suis évanouie.

— Avant de perdre connaissance, vous avez eu le temps d'apercevoir ce que faisaient les deux autres ?

— Le second type était penché sur la blessée et la femme ouvrait l'armoire pour prendre les vêtements de l'Américaine.

— Elle les fouillait ?

— Non ; les empilait dans un sac de plastique, genre poubelle.

In petto, je me traite de blatte écrabouillée. Quelqu'un de nos rangs a-t-il seulement eu l'idée d'explorer le meuble pour y examiner les fringues de l'assassinée ? Non, bien sûr ! Une fille morte dans un plumard de clinique, t'as pas une pensée pour ses harnais, ils ne sont plus à l'ordre du jour.

— Merci de votre témoignage, mon chou, gazouillé-je. Lorsque vous serez en mesure de sortir, nous arroserons ça !

— C'est vrai ? qu'elle balbutie, émerveillée par cette perspective.

— Promis ! En attendant laissez-vous bien soigner.

Napoléon pinçait l'oreille de ses grognards en guise de gâterie. Moi, je fais mieux, j'évasive de la main sur ses mamelons qui ont tendance à choisir la liberté. Elle doit en rougir sous ses pansements, la *darling*.

– Et tu prétends vouloir épouser Marie-Marie ? murmure ce fumelard de négro, une fois dehors.

Sa remarque me produit l'effet d'un verre d'eau froide en pleine gueule.

Je m'arrête sur le revêtement de caoutchouc qui absorbe le bruit de nos pas.

Cette réflexion se fiche dans mon âme. C'est vrai que j'avais déjà oublié la Musaraigne. Il n'existe plus pour moi, désormais, que « notre » fille fabuleuse. Le temps et ses deux époux ont tué doucement nos amours d'autrefois, à Marie-Marie et à moi. Dans le fond, j'étais dingue d'une gamine délurée, à l'innocence pathétique. Elle est devenue une riche bourgeoise chic, sachant contrôler ses sentiments et programmer sa vie.

Seigneur, cette bouffée de détresse qui m'envahit à toute volée ! Va falloir que je m'accroche fort à m'man, à mon turbin, à mes potes et, surtout, oui, surtout à la petite.

Le Noirpiot qui pige tout, met sa dextre puissante sur mon épaule.

– Pardonne ma maladresse, fait-il, je t'ai blessé.

– Non, non, ce n'est rien, j'articule, il fallait bien que je prenne conscience des réalités.

Voilà ; je respire un grand coup. Très importants, les soufflets. Quand ils fonctionnent mal, le reste ne suit plus.

Bref conciliabule entre Jéjé et moi.

Nous mettons le cap sur le collège Poirot-Delpech.

Toujours bien ameublir le terrain avant de bâtir.

## 13

Nous déboulons en plein cours d'histoire-géo, pendant que le prof, une pécore à binocles, au nez pointu, explique à ses garnements le duel de Cinq-Mars et de Thou qui furent exécutés à Lyon (Rhône) pour s'être battus en duel.

Nous toquons à la porte vitrée. La demoiselle, rancie sous le harnois, vient ouvrir, l'air interrogateur.

Je lui annonce notre qualité de super-bourdilles et elle s'humanise un tanti-chouïa.

— Vous venez au sujet du jeune Charretier ? fait-elle.

— Gagné ! réponds-je. Pouvez-vous nous consacrer quelques instants ?

Elle peut. Sort dans le vaste couloir et relourde. Elle dégage une odeur de poivre, because les premiers frimas l'ont incitée à ressortir ses petites laines de l'armoire. Vu la façon dont elle les épice, les mites n'ont qu'à bien se tenir !

Je lui demande ce qu'elle pense de l'ado disparu.

— Bon élève, assure-t-elle, mais particulièrement rêveur.

— Vous êtes au courant de ses déclarations concernant un attentat à la gare du Nord ?

— La classe ne parle que de cela. Vous croyez qu'on l'a enlevé pour supprimer son témoignage ?

— Envisageable, répond Othello.

— Alors sa vie est en danger, dit la personne au slip festonné de toiles d'araignées.

— Ça se pourrait, admets-je avec la froideur d'un colin sorti du frigo sans sa mayonnaise.

« Faisiez-vous partie du voyage à Londres ? »

— Si fait : je secondais le professeur d'anglais.

— Vous rappelez-vous de l'attitude de Paul-Robert, là-bas ?

— Elle n'avait rien de particulier.

— A-t-il participé à toutes les excursions ?

Elle rassemble ses lèvres autour d'une petite bite imaginaire ce qui, je présume, est l'indice d'une profonde réflexion.

— Il ne nous a pas accompagnés à Windsor car il souffrait d'un violent mal de gorge.

— Il est donc resté à l'hôtel ?

— Naturellement. Et le lendemain, il nous a quittés pendant la visite de la Tour de Londres, prétextant une forte température.

— Comment se comportait-il avec ses compagnons ?

Nouvelles cogitations de Miss Coing.

– Je ne sais si cela provenait de son état fébrile, mais il restait en retrait du groupe et semblait abattu.

– Merci, mademoiselle, pour votre coopération. Vous êtes adorable !

Sa toison du dessous s'humidifie comme des poils d'artichauts fraîchement cuits.

J'ajoute, en l'enveloppant d'un regard velouté qui n'arrange pas son problème :

– Pouvez-vous dire au jeune Bernard Malapry, que j'aperçois devant votre bureau, de nous rejoindre ?

Bref intermède, au cours duquel je demande au Négus la raison de son sourire ambigu.

– Je ris de la conculmitance de nos pensées, répond-il.

Et puis survient mon petit pote de naguère.

– Je suis sûr que vous allez m'apprendre quelque chose ? primesaute Nanard.

– Pas impossible, admets-je. Mais ne restons pas ici ; il doit bien y avoir un endroit peinard où je pourrais te tabasser la gueule en jurant ensuite que c'est une invention de ta part ?

Il s'arrête d'arquer, devient lit vide comme la couche d'un cocu et me fixe, épouvanté.

Je plaque ma main dans son dos pour l'obliger d'avancer, avise une pièce dont la lourde est entrouverte : un réfectoire désert. D'une bourrade j'y fais pénétrer le jeune citoyen Malapry. Des remugles de gruyère brûlé et d'eau de vaisselle saturée flottent dans la pièce.

— Voilà ce qu'il nous faut !

Je soupire profond.

— Commence, toi ! intimé-je à Blanc. Je suis tellement remonté contre ce loustic que je risquerais de lui déboîter la mâchoire ou de lui briser une clavicule. Tu me connais ? Quand quelqu'un m'a déçu, je suis incapable de me contrôler.

Impavide, le négro biche le garnement par une aile, l'oblige à s'asseoir devant une table poisseuse. Puis pose l'une de ses vastes tartines devant le malheureux, et extrait une paire de menottes de sa fouille arrière.

L'angoisse du pauvre môme se mue en désespoir.

— Oh ! non ! pleurniche-t-il. J'ai rien fait !

Jérémie ricane :

— Fausses déclarations à un officier de police, ça peut aller chercher cinq ans de taule quand le président de la correctionnelle est une femme et qu'elle a ses doches ! Une vie brisée dans l'œuf, quoi ! Les compagnons de cellule qui t'enculent comme une chèvre sans s'occuper du sida ; ton pedigree entaché à jamais : c'est payer cher une connerie de jeunesse.

L'infortuné gamin chiale sans retenue.

J'interviens, la voix conciliante :

– Je vais essayer de laisser ma rogne au vestiaire, Trouduc. Ton pote a le béguin pour une coquine Britiche nommée Juny Largo, exact ?

Il acquiesce.

– L'affaire de la gare du Nord lui a donné l'idée de simuler un enlèvement et d'aller la rejoindre, je me goure ?

– C'est vrai.

– Il a demandé ton témoignage pour accréditer le rapt. Et toi, Bugnazet, tout heureux d'avoir la vedette, t'as foncé dans le scénario tête première. Réponse ?

Il opine.

– Où est-il en ce moment, le Casanova des sleepings ?

– A Londres.

– Avec sa *darling* ?

– Oui.

Je ne peux m'empêcher de sourire devant cette émouvante gaminerie.

– Il a du blé ?

– Ses économies. En outre, il a vendu son vélomoteur et ses skis.

– Eh ben ! dis donc, c'est le *big love* ! Bon, écoute, petit homme, je veux bien passer l'éponge sur ton faux témoignage, mais charge à toi d'aller casser le morceau à ses parents et aux tiens. T'auras sûrement droit à des coups de pompe dans le prose de la part de tes vieux, mais les autres seront tellement soulagés qu'ils t'embrasseront les mains ! Ça fera une moyenne !

On demande à la binoclarde la permission de l'emmener et le déposons devant son arrêt de bus.

Me voilà délivré d'un tourment qui me pesait sur la patate.

Le grand bigntz va pouvoir commencer.

DEUXIÈME PARTIE

# LE COUP DE TRAFALGAR

## 14

M'man me dit :
– Tiens, Pilar a trouvé cette chose dans ta chemise au moment de la laver.

Elle saisit sur le buffet la petite boîte d'or que
m'avait confiée le père Grey à la clinique.

Si je te disais que je l'avais totalement occultée
de ma mémoire, assurerait le mecton préposé à la
vidange de tes latrines.

L'objet est intéressant : une sorte de boîtier plat
dont l'un des angles est percé de minuscules
trous. Une plaque sensible, moins épaisse qu'une
carte de visite et de microscopiques éléments
mettent le comble à ma perplexité.

Pour quelle raison le roi du blé m'a-t-il
demandé de remettre à sa fille cet appareil si particulier ?

Je me chope la citrouille à deux pognes pour
faciliter l'évocation (et non les vocations) de
notre fin d'entrevue à la clinique.

Le rondouillard bonhomme m'a refilé ce truc-machin-chose sur le pas de la porte. Il se tenait dos à Los Hamouel son secrétaire, et a baissé la voix en me le remettant. Se gênait-il du grand-pas-sympa ? Plus je réfléchis, plus je le pense. Une enquête, je te l'ai sûrement déjà dit, ressemble à une toile pointilliste. Elle est composée de petites touches. Considérées isolément, elles sont sans signification ; c'est le recul et la vue d'ensemble qui rendent l'œuvre éloquente.

Voilà Marie-Marie qui rentre de faire des courses avec *notre enfant* et la nurse.

Tu la verrais, mon Antoinette ! *Une poupée !* comme disent les tocassons de la coiffe. Elle porte un adorable manteau anglais, bleu marine, avec un col de velours et des boutons dorés, un chapeau avec des pattes sur les oreilles. Son minuscule nez rose ressemble à une framboise.

Elle m'accourt contre et se jette dans mes jambes avec violence.

Et tu sais quoi encore ?

Sa mère a dû lui faire la leçon car elle crie : « Papa ! Papa ! » en riant aux larmes.

— Tu t'es bien promenée ? questionné-je.

— On a été avec Mimi.

— Qui est Mimi ?

Elle s'écarte et me désigne Salami, la langue traînante, le fouet triomphal, qui sourit en bavant sa fatigue de convalescent.

Comme il semble heureux, Ventraterre !

Je me baisse pour caresser le gros sabot de son museau.

Et pendant que je lui prodigue de la tendresse, à lui aussi, une voix faible et lointaine retentit dans la pièce, celle d'un homme qui déclare en américain (dialecte dévoyé de l'anglais) :

– B 28, j'écoute...

Qué zaco ? La radio ? Je mate alentour.

Je te dis tout, Bourdalou ?

Ma fille joue avec le boîtier d'or et c'est de lui qu'émane l'organe en question.

Il répète son annonce et poursuit :

– Vous êtes prié de décliner votre numéro de code !

Elle est raide, celle-là ! comme s'exclamait une dame que j'avais invitée à danser et serrais d'un peu trop près.

Je me saisis de la *golden box*, mais le contact s'interrompt. J'ai beau la tourner entre mes doigts, elle demeure silencieuse.

Tu ne trouves pas étrange et de bel augure qu'Antoinette l'ait déclenchée ? J'en suis soufflé. Je me tue à te le seriner : le hasard régit notre vie de flic. Sans son concours, nous ne serions bons qu'à régler la circulation devant les écoles maternelles.

* * *

Bérurier de retour de noces ! Plus rouge qu'une cape de toréador, les yeux dans de la crépine sanguinolente, les lèvres écaillées par le beaujolais.

— Cela s'est bien passé ? questionné-je.

— Formide ! Une java à tout casser ! Si j'te dirais qu'en fin d'parcours, j'ai tiré la mariée dans sa belle robe blanche, tant tellement qu'son époux était rétamé.

— Bel exploit.

— Slave s'est passé d'la manière suvante, reprend le queutard prénuptial. Vu qu'le conjoint pouvait plus arquer, c'est moi qu'je l'ai porté dans leur carrée. Sa p'tite jeune femme grimpait d'vant pour délourder. J'ai virgulé l'gars su' l'plumzingue com' un' hotte à vendange. Sa chérie semblait tout' chose d' s' mett' la ceinture un soir pareil. L'avait les larmes à l'œil. J'ai voulu la consoler : on n'est pas un monstre sans cœur...

— La générosité même ! renforcé-je.

— J't' fais pas dire. Alors tu sais : un' chose en amenant un' aut'...

— Tu lui as offert sa nuit de noces ?

— Et quelle ! Tu juges ? Un' rapière au calibre d'la mienne, pour un' frangine qu'avait encore jamais vu péter le loup sur la pierre de bois, comm' disait grand-père ! Au débute, ell' crillellait grâce ; mais n'ensute s'est piquée au jeu. Reus'ment, c't'était un hôtel chicos où y avait du savon dans la salle d'bains. Personn' jamais dira à ce dont on parvient av'c un' savonneuse ! D'en plus, un' craquette c't'estensib'.

— Bref, cette jeune femme est à même d'héberger n'importe qui désormais ?

— Positif'ment, Grand. Positif'ment. Ell' a la vie d'vant elle à partir d'maint'nant.

Il est heureux de cette nouvelle mission, mon brave Béru à l'altruisme sans limites.

— On en est où est-ce avec ton affaire ricaine ? demande cet être de bite, mais également de devoir.

En termes professionnels je lui dresse le résumé de toutes les péripéties que tu viens de vivre dans l'un des récits les plus palpitants de cette fin de siècle.

— Montre voir c't'boîte magique qu' j'voye !

Il la soupèse, la flaire, l'ouvre, la bricole, et enfin la dépose avec défiance sur la table.

— Alors, elle a causé ? Qu'est-ce t'as fait pou' la déclencher.

— Ce n'est pas moi c'est...

Me retiens *in extremis*, disait-on en italien, jadis. Si je lui raconte ma paternité et la présence de Marie-Marie chez nous avec « notre » enfant, il va tout lâcher pour foncer vers elles. Or je ne veux pas le démobiliser.

– ... C'est la bonne, en l'astiquant, laissé-je quimper.

– Et toi t'astiquais l'Espagnole ! rigole-t-il.

– C'est ça.

– Le Négus est pas ici ?

– Il va arriver : il s'occupe de nos billets.

– Vous partez, les deux ?

– Nous partons, les trois, car tu es du voyage.

– Où c'qu'on va ?

– En Floride.

– C'est où, la Floride, en Afrique du Sud ?

– Tu brûles, Gros !

## 15

Le domaine de feu David Grey est situé à Pahokee, sur la rive du lac Okeechobee en Floride, à quelque 200 kilomètres de Miami.

Étrange demeure, frappée de gigantisme, au style indéterminé hésitant entre le colonial yankee et le château bavarois cher à Louis II. Elle se dresse sur une éminence plantée d'essences propres au 27e parallèle.

La propriété continue sur le lac par une île semblable à celle où fut aménagée la tombe foraine de Lady Di, la pauvre. Elle possédait une flopée de gardes du corps (et quel corps !), mais il a suffi d'un Franchouillard bourré pour la ravir à l'affection de la Mère Deux, reine d'Angleterre, d'Écosse, d'Irlande et de la moitié du tunnel sous la Manche.

Pour t'en reviendre : le domaine est faraminable ! D'un mauvais goût exaltant la colossale fortune du propriétaire. Tennis, coral, piste d'hélicos, piscines olympiques. Il possède trop tout, tant tellement que qu'est-ce ça doit être chiatique d'habiter un endroit pareil !

La calme Buick louée à Miami semble être la tire du vétérinaire venu purger les bébêtes.

On arque vers l'entrée de cette citadelle conçue par Walt Disney et interprétée par des architectes bien décidés à se goinfrer.

Un valet de pique, ou de pied, je ne sais, nous accueille avant que nous n'eussions le temps de nous manifester. Un grand Noir aux cheveux gris à peine ondulés à l'aspect du juge dans la série des *Perry Mason.*

Ce mec n'a pas dû sourire depuis l'abolition de l'esclavage. Il attend, muet et immobile, confusément troublé par la présence de Bérurier, qui s'est fringué en blanc et chapeauté d'un panama, comme s'il jouait dans un *remake* « D'Autant en emporte le ventre ».

J'affronte le majordome :

— Nous constituons, ces messieurs et moi, une commission rogatoire de la Police française chargée d'enquêter sur l'assassinat de miss Pamela Grey, lequel, sans doute le savez-vous, a été perpétré sur notre territoire.

Son hochement de tête est aussi imperceptible que celui du Sphinx à qui tu demandes s'il est content de ne pas avoir été transporté au British Museum comme le reste de l'Égypte. Il attend.

Devinant quoi, je lui produis un papier des autorités ricaines nous autorisant à effectuer une enquête sur le territoire des U.S.A.

– En quoi puis-je vous être utile, *sir*? s'informe l'oncle Tom.

– En répondant à nos questions, mon cher.

Il s'écarte pour nous laisser entrer.

Je t'ai décrit tellement de maisons saugrenues dans mon œuvre monumentale, que je renonce à en ajouter une de plus. Qu'il te suffise d'apprendre l'inouïsité de cette gigantesque bâtisse faite de briques et de brocs. On aimerait savoir à quoi pensent les gaziers pour se faire élever des palais de deux cents pièces quand une seule suffit pour tirer un coup! En règle générale, ils n'épatent qu'eux-mêmes; se balancent de la poudre aux châsses pour se prouver leur puissance.

Nous voilà partis en caravane dans (justement) ce caravansérail. Des enfilades de salons, des jardins d'été, d'autres d'hiver, et d'autres encore divers. Tout cela pour atteindre une piscine couverte, entourée de vitraux peints 1900, représentant des échassiers dans des roseaux. Très élégants. Des canapés d'osier recouverts de coussins imperméabilisés, un bar rutile, avec juke-box incorporé. Une démentiellerie yankee.

Une femme est assise, qui porte un maillot de bain noir, luisant comme de la peau de requin.

Elle est très brune et bronzée à outrance. Dodue dans sa cinquantaine épanouie, elle défie le mauvais goût en utilisant un fume-cigarette pour star des années 30. Le comble : elle porte un chapeau de paille, style capeline, noué sous le menton par un ruban, comme il se doit quand on est en bikini.

Mal foutue, la rombiasse : le bide proche des nichemards, des cuisses kif les statues d'Arno Breker, et un tablier de sapeur luxuriant qui s'échappe, par grosses touffes, de son vêtement de bain.

Qui est cette pouffe extravagante ?

Notre mentor s'en approche pour lui chuchoter des choses à notre propos. La femme le congédie d'un geste plein de langueur et le gonzier se dissipe.

— Approchez, messieurs ! Approchez ! invite le cétacé, en français dans le texte.

Elle jacte notre belle langue moins bien qu'elle ne l'imagine, mais reste compréhensible.

Nous avançons avec une suffisance de bon ton. Je m'incline :

— Mes hommages, madame. A qui avons-nous l'honneur ?

Elle a un grand rire, large comme une connasse de jument.

— Mais... à madame David Grey ! répond-elle.

Le sol m'échappe telle la feuille de papier hygiénique du type tentant de se torcher l'oigne sur la lande bretonne par grand vent.

– Je... L'on nous avait dit que...

Elle se délecte de mon patouillage.

– L'on vous a dit que Grey et moi étions divorcés. C'est exact. Cela ne m'a pas empêchée de conserver son nom, du fait que je ne me suis jamais remariée.

Cette bonne raison ne m'explique pas ce que la vieille peau fabrique dans ce palais Carabosse. Elle me l'apprend sans que j'eusse à la questionner :

– Imaginez-vous, mon cher détective, que l'existence est la chose la plus stupéfiante qui soit. Son père étant mort, notre fille Pamela se trouve être l'héritière de ses biens. On assassine la chère enfant, et sa fortune me revient ! Étonnante trajectoire, non ?

– En effet ! admets-je. Et d'une folle rapidité !

– Qui donc irait concevoir un tel scénario ? fait-elle en primesautant derechef.

Je me tais, biscotte il est en train de s'opérer un machin très extrême sous mes yeux vigilants.

Magine-toi que Sac-à-vin est littéralement envoûté par notre hôtesse. Il la consomme du regard, la bouche gobeuse, la braguette en forte dilatation.

Si tant est bien que la dame s'en rend compte. Elle fait « tilt » en découvrant le bénoche hypertendu du Gravos.

– Mistress Grey, dis-je-t-il avant que sa fascination la rende inapte à toute converse, je suis ravi pour vous d'apprendre que cette énorme fortune vous échoit. Seulement, il y a comme un défaut : ces morts auxquels vous la devez ne sont pas naturelles et résultent d'assassinats successifs. Tant que la vérité ne sera pas établie, vous ne pourrez disposer de votre héritage !

## 16

Une merveilleuse voix de soprano vient me chercher au fond de l'inconscience. D'une pureté à t'en faire changer de slip ! Je me laisse doucettement remonter à la surface du cloaque où je vaselinais. Ouvre mes vasistas.

Je suis allongé sur un lit dans lequel eurent lieu les derniers championnats du monde de partouze sur terrain couvert. Soie et brocart, bois doré incrusté de miroirs vénitiens, ciel de lit conçu et réalisé à l'intention d'une impératrice russe, avec plein d'angelots sculptés qui font voir leur bistougnette. Sur les murs, des scènes lascives, imitées du XVII<sup>e</sup> siècle et importées du 17<sup>e</sup> arrondissement de Paris. Au centre de la chambre, une statue équestre de Jeanne d'Arc en porte-jarretelles, faisant le siège de La Nouvelle-Orléans.

Tout cela est très classe et dénote des propriétaires qui ne plaisantent pas avec le véritable luxe.

– Tu es sorti du sirop ? s'inquiète la voix de Jérémie.

Ma tronche exécute un 45 degrés. Je découvre mon *All Black* assis dans un immense fauteuil qui a jeté l'ancre dans ma chambre.

– Qu'est-ce qui m'est arrivé ? demandé-je.

– La veuve, un peu soupe au lait, t'a fracassé une bouteille de Baccardi sur la tronche. En tout cas tu n'as rien de cassé, bilan : une grosse bosse et deux points de suture.

– Où suis-je ?

– Nous n'avons pas bougé du domaine. La grasse, désespérée de t'avoir estourbi, voulait prévenir la police et se constituer prisonnière ; on a eu toutes les peines du monde à l'en dissuader. Alors elle a fait quérir par hélico le meilleur chirurgien de Miami pour te rafistoler et t'a installé dans la « chambre présidentielle », ainsi baptisée parce que le Président Nixon y a dormi au cours d'une campagne électorale.

Il ajoute :

– J'ai la chambre contiguë.

– Et Béru ? m'enquiers-je, soucieux de mon petit monde.

L'homme qui descend des cocotiers par un ami de sa mère ricane :

– Oh ! lui...

– Parle !

– Il fait étinceler l'hôtesse. Tu entends cette voix divine ?

– Je pige pas...

– La riche héritière ne peut s'envoyer en l'air que si un castrat lui chante la *Flûte enchantée*. Le déburné s'égosille depuis un moment ! Le Ventru doit y aller de son astiquée de gala. Nous avons débarqué sur une planète conçue par Fritz Lang à l'époque du muet.

– Ça manquait à ma collection.

– Veux-tu boire quelque chose ?

– Une vodka-orange.

Déjà initié au fonctionnement de ce Palais des Mirages, mon pote s'empare d'un jactophone tributaire à bivalvisation multiple et déclare :

– Une vodka-orange et un whisky-Campari ; le tout sur glace pilée !

Un timbre mélodieux répond :

– A votre service, *sir* !

Organe féminin, langoureux à souhait.

Le chanteur écouillé s'est tu. Le silence a repris ses droits, comme l'écrivait un vieux con qui ne rédigeait que des lettres de noblesse.

– Nous voici engagés dans une drôle de croisade, assuré-je.

– Je le pressens, confirme mon équipier valeureux.

Nous ne croyons pas si bien dire !

C'est beau, une femme totalement essorée par l'amour. Quand la mère Grey réapparaît, cramponnée au bras de son Chevalier Paillard, sans peur et sans reproche, elle interprète un solo de castagnettes avec les genoux. Flapie, la darlinge ! Mais si heureuse ! Comblée de la soute à la dunette !

Elle a enfin rencontré l'homme de sa vie. Tous les prédécesseurs étaient des amants de pacotille ! Des niqueurs à cinq dollars la passe !

Une nuit où elle était schlasse, dans une taule de Buenos Aires, elle s'est fait escalader par trois *hombres* à la fois ; mais ç'avait été de la baisance au rabais, comparée au monumental coup de verge qu'elle vient d'encaisser dans la lucarne. Du batifolage primesautier de poètes élégiaques.

Elle dévide, agrippée à ce chêne de viande. Nous décrit la bitoune d'Alexandre-Benoît que nous connaissons cependant pour l'avoir vue à l'œuvre, cent fois sur le métier remettant son ouvrage ! Elle narre ce coït d'exception à la femme de piaule noire qui apporte nos boissons.

Mieux, craignant d'être incrue, elle demande à Bibendum de produire la pièce convictionnelle. Malgré son repos mérité la bête garde encore fière allure. L'ancillaire, pourtant habituée à du chibre grand veneur, reste sidérée devant le monstre assoupi. Présente ses félicitations à l'heureuse bénéficiaire de l'engin ! Les deux donzelles, bien que séparées par la couleur de leurs peaux et leurs revenus, tombent dans des bras réciproques.

Une ambiance de liesse règne au domaine. Bientôt, tout le personnel féminin, alerté, se met à défiler devant le calbute baissé de Sa Béatitude. Jour de gloire pour l'oncle de Marie-Marie ! Il savoure d'autant plus qu'aujourd'hui il époustoufle des Ricaines.

– *French !* leur répète ce grand patriote, *I am French from Normandy. My father* avait le *same* braque, *and my grand-father too. It's a family* phénomène ! *My* bitoune *was primate in any contries. I have sale it to the* Pantruche *Museum when I should be* nazebroc.

Peu regardant, il laisse toucher. Palper, même ! Ce qui induit l'inévitable : gode de nouveau. Un guignol tout superbe. Priape dans sa gloire ! En majesté !

Depuis notre poste d'observation, nous contemplons cette frénésie de gonzesses en délire !

Je peux t'affirmer que l'ambiance n'est point funèbre ! A voir comporter l'Argentine, on conçoit difficilement qu'elle vient de perdre son époux et sa fille dans des conditions dramatiques ! Ses deuils glissent sur ses plumes comme les lèvres d'une frangine sur la tête de mon nœud.

Cette démonstration épique se développe de la meilleure façon. Généreuse et se montrant humaine avec les serviteurs, elle autorise (sans consulter l'intéressé) les filles présentes à goûter la grosse gnougnouf de Messire Gradube. Chacune d'elles opère quelques aller-retour, afin de se distendre les muscles zygomatiques.

Le duc de Normandie n'a jamais été à pareille fête... Figure-toi qu'il organise un classement chez ces gentilles. Leur attribue des points, leur prodigue des conseils dans son anglais approximatif.

Le prix d'honneur est attribué à la plus jeune des concurrentes, à la cavité buccale particulièrement souple. Elle paraît insensible aux spasmes engendrés par le mal de cœur, parvient à entonner vingt-cinq centimètres de chibre, ce qui constitue une sacrée performance compte tenu du diamètre de l'objet.

Ébloui par l'exploit, Sa Majesté décide d'honorer cette vaillante d'un coup de rapière. Las ! Dame Nature est capricieuse. Si la jouvencelle possède une bouche de crocodile, sa chaglatte, en revanche, est plus étroite que la porte évoquée par André Gide.

Alexandre-Benoît est contraint à l'abandon, s'en désole mais épargne cependant à l'intéressée l'explosion de sa craquette.

Le calme revient après la tempête. Jérémie

pose une question ultra-brève, de laquelle devra
naître une réponse bien charpentée :

– A présent ?

J'effleure mes points de suture d'un index aussi
peureux qu'une corne d'escargot.

Quand on te pose une colle embarrassante,
n'oublie pas, avant de patauger, d'accomplir un
geste détourneur d'attention : fourbis tes lunettes
ou gratte-toi les roupettes ; tu peux également
user de la quinte de toux intempestive, voire
dégrafer ta montre pour la remonter.

Ballepeau, je ne pense rien ; totalement essoré
du bulbe, l'Antonio. Ou plutôt, si : ma gamberge
va à Antoinette exclusivement. Elle est givrée,
Marie-Marie, de prétendre l'embarquer dans les
polarités à la « souffle-moi-dans-l'os-à-moelle-
pour-me-le-réchauffer » ! Qu'imagine-t-elle, l'an-
cienne Pie borgne ? Que je suis un père de carte
postale ? Elle peut se l'arrondir au mortier à
purée ! Je viens enfin de piger pourquoi elle ne me
tente plus. En allant me faire un chiare, à la sauvette, dans les brouillards du Nord, elle m'a arna-
qué à vie. Qu'elle se soit ravisée trois ans plus
tard ne saurait rattraper la période fabuleuse dont
elle m'a spolié. D'y songer me la fait haïr (j'exa-
gère à peine, je te jure). De quel droit prive-t-on
un homme de ce qui le rend le plus irréfutable-
ment homme ?

Le ronflement de son tonton fait diversion. Je

mate le Pachyderme vautré dans un fauteuil, les jambes en bras de carriole dételée, ses énormes paluches en guise de sous-ventrière, les pinceaux de traviole. Un morceau de sa chemise, coincé dans la braguette, paraît baliser un mystérieux parcours. « O Géant, se peut-il que tu dormes ? » égosillait Ruy Blas.

Le regard scrutateur du *Dark* me ramène d'autor à sa lourde question.

A présent ?

Hein ? Que faire ? Qu'entreprendre à partir de ce palais du mauvais goût ?

Lutte inégale du trou de balle contre le pot de chambre. Aucune aide à espérer des forces de police ricaines. Plutôt des coups de saton dans la clape. Tu penses si les confrères yankees sont prêts à nous scier la branche, malgré l'auto-risation dont nous disposons. Pauvres Pieds nic-kelés que nous sommes !

Mister Blanc murmure :

— En somme, nous avons entrepris ce voyage pour que Béru se vide les couilles et qu'on te recouse le crâne ?

Cruauté d'un bilan dérisoire nous faisant perdre la face à nos propres yeux.

A cet instant précis, le téléphone sonne. Comme alexandrinerait Victor Hugo, l'homme qui avait toujours un reste de soupe dans la barbe.

## 17

Quand j'affirme que le biniou carillonne, je catapulte le bouchon sur la rive opposée. En réalité, il ne s'agit pas du bigophone traditionnel, mais de la petite boîte d'or confiée par le marchand de blé à Pantruche-les-Bains. Depuis qu'elle avait résonné entre les doigts de « ma petite fille », elle était restée silencieuse.

Vitement, je l'extrais de mes vêtements sacerdotaux et entreprends de la bistougner frénétiquement, à la recherche d'un quelconque bouton de contact. Ne le trouvant pas, m'affole pour, en deux ex-poires-de-cause, supplier mon lutin personnel de me prêter main, tu sais quoi ? Oui : forte !

Qui dira jamais ce qu'engendre la prière ? A peine ai-je élevé mon âme au-dessus du niveau de la mer qu'il s'opère... Je n'ai pas l'outrecuidance de qualifier cela de miracle, mais, en tout cas ça y ressemble comme mon oigne à l'œil de ton frère borgne.

J'ai pressé fortement l'angle de l'appareil où sont aménagés de minuscules trous et aussitôt une voix a retenti :

— B 28 appelle Z.B.X.

Déterminé, je me pince les narines, kif lorsque Bidendum en craque une.

— Z.B.X., nasillé-je.

Un temps. Quelque part, M. B. 28 réfléchit. Je pressens de la suspicion chez le mystérieux correspondant...

Sa voix métallique jette (je devrais écrire « crache ») :

— Déclinez votre numéro de code, je vous en prie !

Oh ! la vilaine colle !

Je file un regard éperdu à mon brave Vendredi, attendant de lui, sinon le grand secours, du moins une idée. Et, comme chaque fois, ce Noirpiot d'élite me l'apporte sur un plateau à manche de bois. Se saisissant d'une statuette de biscuit brun, il la brise à côté de l'émetteur en hurlant de toutes ses cordes vocales.

Cri terrible, redouté des mères à genoux. Les animaux de la préhistoire devaient en lancer de semblables quand ils étaient en gésine ou qu'on leur marchait sur la queue.

J'interromps sec la communication, laissant l'interlocuteur à sa perplexité. La clameur de mon Blanc (marque de mes stylos, publicité désintéressée) a réveillé le Gros et sa dame de cul.

– Pourquoi tu gosilles ? s'inquiète le membre actif de la riche héritière.

Comme l'interpellé ne répond pas, Alexandre-Benoît morigène :

– T'as fait peur à Dolores !

– Madame porte un bien joli prénom, dis-je galamment.

Le signal sonore de mon bistougnet d'or reprend. Je ne réponds pas. Ça couine façon souris prise au piège. Dur de résister à un appel. Mais il me faut tenir bon si je veux éveiller la curiosité de B. 28. Notre but ? L'inciter à se manifester d'une autre manière, comprends-tu-t-il ?

De l'autre côté de la baie vitrée, le soir descend sur l'eau dolente du lac Okeechobee. Des oiseaux aux larges ailes cendrées effleurent la surface étale.

Je conçois que le roi du blé ait choisi ce coin comme lieu de résidence. Dommage, toutefois, qu'il y ait bâti cette cathédrale de pacotille.

*
* *

Notre divine hôtesse se fait belle pour le dîner (en américain : *for the diner*). Elle porte une robe en plumes d'oiseaux allant du vert sombre au noir clair. Coiffure élaborée par un merlan pédoque [1]. Tu verrais cette ruche sur sa tronche ! La Grande

---

1. Pléonasme caractérisé.

Catherine ! Mieux vaut tiare que jamais ! Me suis souvent demandé pourquoi tant de gerces sombrent dans le ridicule le plus achevé en croyant s'embellir. La somme de conneries requises pour en arriver là !

Des personnages singuliers (bien qu'ils soient deux) partagent la vie de la veuve Grey, donc notre dîner : l'artiste capillaire et le castrat.

Le premier, d'origine italienne, est un quinquagénaire soufflé par l'inaction et la bonne vie, à tête de compositeur d'opéra du xix$^e$ siècle. Longs favoris frisottés, moustache extra-fine, boursouflures intempestives, cheveux longs teints et bouclés au petit fer. Quand il mange, ses joues se gonflent comme pour mimer des pets à haute teneur flageolétique. Signe particulier : il conserve en permanence la goutte au nez. Son regard exprime admirablement sa sottise et sa cupidité. Cet homme aurait pu être dangereux s'il était moins flemmard. Bouffer et faire la sieste sont, à l'évidence, les deux mamelles de sa vie.

Le chanteur éburné, quant à lui, semble issu du croisement d'un Mexicain obèse et d'une sirène des mers chaudes. Figure de lune, totalement imberbe, coiffure « aux enfants des douars », yeux ensevelis derrière des bouffissures de mauvais aloi, il est vêtu d'une chemise à triple jabot, ouverte jusqu'au nombril. Une mèche décolorée barre sa chevelure sombre. Il ne mange pas, mais

grignote du bout de ses belles dents immaculées
des nourritures apprêtées pour lui seul.

Ces deux croquants (le pommadin et l'écouillé)
nous battent froid, n'appréciant pas que des zig-
men débarqués d'Europe viennent partager la
couche et la table de leur bienfaitrice. Ainsi les
chiens se font-ils grise mine à l'heure de la pâtée.

Étant américain, le repas ne saurait être suc-
culent. Des mecs qui lavent les huîtres à grande
eau avant de les gober pour n'en conserver que le
crachat, ne seront jamais de fins gourmets. Trop
habitués à puiser leur nourriture dans des bar-
quettes de carton !

Vaille que vaille, on s'envoie du poulet frit aux
cacahuètes fraîches, puis on s'apprête à claper un
mouton à la menthe lorsqu'on perçoit des bruits
réverbérés par l'ampleur du palais.

Presque aussitôt, le grand Noir chef larbin se
pointe, l'œil jaune et les lèvres gonflées tels des
pneus de Formule 1. Se penche sur le décolleté de
la nouvelle propriétaire, lui chuchote que des
policiers viennent d'arriver et la réclament.

Dolores glapit que ces intrus attendront. Elle a
du monde et ne peut abandonner ses invités, non
mais des fois !

Le serviteur s'en va pour revenir aussitôt avec
l'air emmerdé d'un mec qui a paumé le corbillard
de sa femme dans un encombrement de la circulation. Déclare que les draupers ne l'entendent pas

de cette oreille et exigent une entrevue immédiate.

Lors, l'outarde se dresse, lisse ses plumes, quitte la table en s'excusant, et file le dur au laquais.

Le castrat continue de jaffer. Par contre, le merlan, soucieux de se glisser dans la dépouille du maître de maison, se dresse, virgule sa serviette et disparaît à son tour.

Bérurier ronchonne, la bouche pleine :

– Tu croives qu'y respectent l'heur' d'la bouffe ?

Jéjé et moi attendons, les nerfs tendus comme la braguette de gaziers bourrés de Viagra avant d'aller visiter une alicaire [1].

Un moment, le bourdonnement des voix se poursuit, coupé d'interjections de la dame, qui ressemblent à des cris de pintade à l'arrivée d'une rame de métro.

Enfin, le silence revient. Plutôt lourd et, conséquemment pénible.

Retour du coiffeur, blême, le regard plombé...

Il nous considère avec détresse et laisse tomber d'un ton misérable :

– Les types du F.B.I. viennent d'arrêter Dolores.

---

1. Prostituée, selon Rabelais.

## 18

*« Dans une mer sans fond*
*Par une nuit sans lune. »*

Toujours, dans les situations désespérées, faut que je récite des vers. Ça me détend. Il s'agit là d'une simple charnière permettant de passer d'un moment à un autre.

Gradube qui (notre lecteur s'en sera aperçu) parle un anglais approximatif et en tout cas ne le comprend pas mieux, continue de bâfrer au côté de Mister N'en-a-plus.

Spontanément, le perruquier prend la place d'honneur, encore chaude du fion de sa maîtresse. Lui qui nous snobait il y a un instant s'agrippe à notre présence.

— De quoi accuse-t-on mistress Grey ? je lui demande.

— De meurtre sur la personne de sa fille. Comment serait-ce possible ? Pamela a été tuée à Paris et sa mère n'a pas bougé des États-Unis !

Je le questionne bien à fond ; il jure ses grands et petits dieux qu'il dit vrai.

Au moment des événements, la Dolores, lui et l'eunuque se trouvaient à Los Angeles. Ils assistaient au Festival du Cinéma pornographique, présidé par Lady Ferguson.

Le preux Béru, déchiré par la perte de cette merveilleuse âme sœur nouvellement apparue dans sa vie, déclare que nous devons tout *mett' en manœuvre* pour innocenter l'infortunée, victime incontestée d'une erreur judicieuse.

Sans abonder pleinement dans son sens, je n'en décide pas moins de m'atteler au « mystère Grey ».

Avant toute chose, nous vidons les lieux, délaissant le dessert, le soprano sans couilles, le merlan sans cliente, et nous mettons le cap sur Miami.

Dans des régions comme la Floride, la nuit n'existe pas réellement. Trop d'enseignes au néon, d'éclairages fuligineux, de buildings illuminés, de bagnoles aux phares aveuglants ; d'immenses faisceaux balaient le ciel, kif des projos de D.C.A. Ils signalent les cinoches en plein air, les *drive-in* et les boîtes de nuit tentaculaires.

Furet à mesure qu'on s'éloigne de la propriété,

une sorte d'apaisement s'effectue en moi. Je hais les endroits dans lesquels la vie est bafouée au nom du luxe et du pognon.

Le sage Noirpiot dresse un bref résumé de la situation. Nous n'avons rien à branlocher dans ce sac de nœuds amerlock. Notre job se circonscrit à la France, les coups fourrés d'Outre-Atlantique ne sont pas de notre ressort (comme dit Aboudin). A chacun de balayer devant sa lourde. Le fait que cette ténébreuse aventure ait démarré à Paname n'implique pas que nous dussions poursuivre l'enquête aux *States*.

Conclusion, Léon ? Les Pieds nickelés de la Cabane Bambou n'ont plus qu'à retenir un vol de retour.

Cette détermination me botte car je brûle de revoir une certaine petite fille aux yeux d'innocence.

Nous venons de parcourir une cinquantaine de bornes lorsque nous apercevons, au loin, une chiée de feux bleus, rouges, jaunes. Un véritable Luna-Park !

On s'approche le plus possible ; plusieurs chignoles font déjà un agglomérat. Leurs conducteurs en sont sortis et regardent le flamboiement. De toute évidence, il s'agit d'un accident. On distingue un énorme camion remorque en travers de la chaussée. Notre moteur coupé, nous percevons des appels, des ordres, des sirènes.

— Je vais voir ! décide Blanc, qui possède l'esprit badaud de sa race.

Béru se contente de licebroquer sur le bas-côté, nous honorant d'un chapelet de perlouzes, lesquelles, montées en sautoir, feraient bien sur la gorge d'une diva d'opéra (eau-pet-ras).

Réduit au farniente par ce contretemps, je songe de plus rechef à Antoinette, avec sa petite robe à smoks. Sitôt à Saint-Cloud, je m'accorderai quarante-huit plombes afin de m'en goinfrer. Je la conduirai au Jardin des Plantes, lui achèterai des jouets, des fringues, des friandises.

Quel cadeau elle m'a fait là, Marie-Marie ! Pour le coup, mon ressentiment à son endroit s'atténue ; plutôt que de perdre mon énergie à lui en vouloir, je préfère savourer MON Antoinette. J'ignorais que c'était commak, la paternité...

Dans la marmelade de cons qui s'interposent entre le sinistre et moi, Jérémie surgit, discernable seulement à sa chemise blanche.

Qu'a-t-il à se démener comme un beau diable, faisant le sémaphore de ses deux bras ?

Je descends de carrosse.

— Surveille la tire ! lancé-je au Mammouth occupé à se l'essorer.

— Grouille ! Grouille ! me crie mon commensal (il partage fréquemment ma table).

Je coudaucorps.

Le beau King-Kong ne profère pas un mot mais

m'entraîne à travers la foule jusqu'au lieu de l'accident point encore isolé. Ils ne sont, provisoirement, que deux flics et une escouade de pompelards.

On atteint le premier rang des curieux. J'avise une grosse Cadillac crème encastrée sous le mastodonte.

Putain, cette compote de viande et de ferraille ! C'est pas avec une pince à épiler qu'on va pouvoir extirper la Cad' du monstre !

Un fleuve de sang, comme on dit dans la comtesse de Ségur, ruisselle des débris. Mais ce qu'il y a d'effroyable, c'est ce corps aux trois quarts décapité, que la collision a projeté sur la chaussée.

Un corps de femme.

Celui de Dolores Grey.

Tu voudrais ajouter quelque chose, toi ?

Moi non plus.

## 19

Devant cette tragédie routière, je me sens comme lorsque la bombe surprise que tu ramènes chez toi pour Noël, explose dans la poche intérieure de ton pardessus.

Hébété, je contemple l'énorme camion dont l'impact a seulement tordu le pare-chocs et éventré le radiateur. De par sa position le « remorque » tenait sa droite et la Cad, l'a percuté de plein fouet. On devine que le chauffeur a tenté une manœuvre désespérée, car sa roue avant a escaladé une partie du talus. Nonobstant, la bagnole de tourisme, déséquilibrée, s'est encastrée dessous superbement. Mémère Grey a été propulsée kif une balle de tennis destinée à devenir un *ace*.

Voilions un peu ce qu'il en est des mecs du F.B.I.

Je m'accroupis pour mater l'intérieur de l'épave. Ils sont *two*. Pas choucards pour un dollar. Même leurs fringues déchiquetées ne peuvent

plus resservir. Le préposé à la conduite est transformé en hamburger. Ses mains, crispées sur le
volant, ressemblent à deux éventails de viande à
vif. Sa nuque a été brisée par le choc et sa tronche
basanée pend par-dessus le dossier du siège.

J'avise, sortant de sa poche, un porte-cartes en
similicuir. Quel démon sans fourche m'induit à
l'emparer ? J'ai dans les salsifis une prestesse de
voleur à la tire, parfois.

A son côté, un deuxième homme râle faible-
ment. Un gars chauve et briochard qui a dégusté
le moiroir du pare-soleil dans la gorge. C'est con,
hein ? Je suis prêt à lui parier une douzaine
d'huîtres de chez *Marius et Jeannette* qu'il a la
cariatide sélectionnée (dirait A.-B.B.)

— Qu'est-ce que vous foutez là ! aboie l'un des
draupers en me tirant en arrière.

Sans m'émouvoir, je réponds que je suis médecin et essaie de porter aide aux accidentés.

Il rengracie.

— Ils sont flambés, hé ? apprécie-t-il.

— Le conducteur oui, l'autre respire encore,
mais ça ne saurait durer.

— Merci, Doc ; pour la femme aussi c'est une
affaire classée.

Son collègue intervient.

— Tu sais quoi, Sammy ? fait-il d'un ton bou-
gon. Cette Cadillac a été volée à Miami, en fin
d'après-midi.

L'annonce me chancetique l'apophyse zygomatique. Alors, ce ne sont pas des archers du F.B.I. qui sont venus quérir la mère Dolorès, tout à l'heure ?

Pour un coup de théâtre, c'est un coup de barre sur la noix, non ?

Tu t'attendais à celle-là, Nicolas ?

— Viens ! fais-je-t-il au bien chibré, je crois que les choses deviennent de plus en plus passionnantes.

Retour à notre caisse. Les chignoles continuent de s'accumuler sur la route bordée de palmiers et de lampadaires. L'on a donné aux seconds la forme des premiers, cependant ceux qui fournissent la lumière ne produisent pas encore de noix de coco. En m'approchant de notre bagnole, je constate qu'elle remue. Renseignements pris, Bérurier-l'inrassasiable, est en train de tirer une Ricaine bloquée par l'accide. Comment s'y est-il pris pour séduire si rapidement une dame dans cette atmosphère surréaliste de sirènes et de gyrophares ? Mystère dont ce phénomène est seul à connaître le secret.

Le Tumultueux a abaissé le dossier du siège passager, à l'avant. Il a fait agenouiller sa fulgurante conquête sur le bord de la banquette et te lui ramone le tuyau d'orgue en grande langueur d'homme plusieurs fois essoré.

Sa partenaire retient mal son contentement

(voire sa souffrance, vu le morcif qu'elle s'efface) et émet des plaintes ravageantes qui ne sont pas loin de nous foutre la tricotine, au *Black* et à Bibi.

A travers la vitre, j'adresse un geste au Composteur pour lui demander de presser le mouvement. Il acquiesce (ne pouvant opiner de partout en même temps).

Effectivement, sa harde gagne en violence... Heureusement, les voitures amerloques sont propres à ce déferlement de par leurs dimensions et leurs amortisseurs. Le drame l'emporte sur la tringlée. Il mobilise trop l'attention générale pour qu'on vienne s'enquérir d'une voiture animée de la danse de Saint-Guy.

– C'est partiiiii ! gueule notre pote en larguant sa cargaison.

Nous nous écartons discrètement afin de le laisser déculer, en parfaits gentilshommes de France que nous sommes.

Petit brouhaha, chacun des protagonistes devant récupérer les membres lui appartenant.

Les portes s'ouvrent. Une aimable dame blonde, un tantisoit rondouille, s'extrait, la jupe relevée jusqu'au menton. Galant, Bérurier l'aide à se tenir debout après son coup de rapière phocéen [1]. Elle se dirige, chancelante, jusqu'à sa tire

---

1. Pourquoi « phocéen » ? Là réside le mystère sanantonien.

*L'Éditeur.*

stoppée devant la nôtre, y prend une sacoche et en sort un verdâtre qu'elle tend au Seigneur des alcôves. L'inséminateur s'en saisit en disant :

— Merci, ma Loute ; en v'là t'un qu'mon percepteur entendra pas causer !

Une dernière bibise sur le nez de la troussée et il la plante, l'âme et le cul débordants de reconnaissance.

— Tu peux nous expliquer, Gros ?

Il se marre :

— Figurerez-vous qu'j'faisais pleurer Popaul dans le fossé, du temps qu'vous v's'absentassiez, quand c'te payse m'bondit au paf en gosillant : « Bioutifoule ! Bioutifoule ! *Let me* toucher *it* ! » J'y rétorque :

« Si ça peut vous faire plaisir, jolie Lady, gênez-*you* pas ! » La v'là qui s'met à m'pétrir l'intime jusqu'à qu'y me vinsse ma lance d'arrosage des grandes occases. « *Put me in the babe !* qu'elle me supplille, *and* je *giverai you* cent *dollars* ! »

« J' m'aye dit qu'c'était toujours bon à affurer et j'lu a pratiqué la p'tite levrette cosaque dont vous avez z'eu l'imprimeur. »

— Deviendrais-tu maquereau ? demande Jérémie.

Notre Vaillant lève les yeux au ciel :

— Tout d'sute les grands mots ! J'ai trouvé qu'c'était farce d'éponger une Ricaine. Av'c c't'osier, j'rapporterai un p'tit cadeau à Berthy.

En voiture !

J'entreprends de faire demi-tour. Le flot de bagnoles rassemblées ne rend pas la manœuvre fastoche. Mais les Yankees sont d'un naturel serviable ; il n'est que de voir leur empressement à dépêcher des tonnes de bombes sur les Irakiens affamés !

Guidé par un homme de bonne volonté faisant reculer une voiture et s'avancer une autre, je parviens à mes fins et repars dans la direction contraire.

— Tu vas chercher une route dégagée ? demande Sénégal Boy intrigué.

— Non, mon grand.

— Alors, quoi ?

— Je boomerangue, réponds-je ; nous retournons au Luna-Park des Grey.

— Cette volte correspond à quoi ?

— Mon instinct.

Et j'ajoute :

— A cause de ses prouesses galantes, nous n'avons pas mis Alexandre-Benoît au courant du deuil cruel qui le frappe.

— Qu'est-ce y raconte ? s'inquiète le Mastard.

Avec son tact coutumier et quelques ménagements de circonstance, Jérémie Blanc informe le taureau normand.

— Bon gu, j'ai bien fait d'y fout' un' branlée pareille ! Comm' ça é s'ra partie av'c un' bonne opinion d'la vie ! oraisonfunèbre-t-il.

## 20

A bord d'un navire tel que la demeure de
Grey I$^{er}$, roi du blé, quelqu'un veille en permanence. De nuit comme de jour, le système de
sécurité est contrôlé.

Deux malabars, style mamelouks de Napoléon,
répondent à notre coup de sonnette. Salut les
copains !

Nous nous faisons connaître. Ils abaissent le
pont-levis (à Tel-Aviv, c'est le pont Lévy).

Je demande à parler d'urgence à l'intendant.
On va le quérir.

Cheveux taillés en brosse, lunettes de clown,
pommettes correctement scotchées. Il porte un
peignoir grand siècle et le bras en écharpe
(accident de Johnny Walker survenu dans l'escalier de la cave). Il garde la chambre. Cela explique
pourquoi je ne l'avais pas encore retapissé.

Ce personnage ajoute à l'insolite de l'endroit.
Je lui raconte les ultimes péripéties, à savoir

l'enlèvement puis l'accident fatal de la Veuve Joyeuse.

Il ne cherche pas à dissimuler son chagrin.

— Elle est morte, cette foutue bougresse ! s'écrie-t-il avec un rire aussi large que la chaglatte de Berthe Bérurier au plus fort d'une passion tellurique.

— Avez-vous un commencement de début d'idée à propos de ses ravisseurs ? l'endigué-je.

— Pas le moindre ! Mais depuis sa naissance, elle n'a cessé d'augmenter le nombre de ses ennemis ! Sitôt qu'on la connaissait, on se mettait à la haïr : c'était la malfaisance et le vice personnifiés !

— A ce point ?

— Non : plus ! Les mots ne suffisent pas pour la raconter. Messieurs, me permettez-vous de célébrer dignement l'événement ? Nous avons quelques bouteilles de whisky noir, pour les grandes occasions : du Lok Dhu. Qui saurait nous empêcher d'en vider une en cette soirée d'exception ?

Une telle apologie aurait raison des plus grandes peines. Nous nous consolâmes donc promptement du décès de la dame. Bérurier s'endormit comme une fausse souche, le whisky, contrairement au picrate, ayant sur sa personne des effets soporifiques.

A pareille heure, quand on vient de vivre des aventures de ce calibre, la fatigue terrasse aisément son homme, c'est pourquoi Jérémie eut bien vite le menton sur la cage thoracique, lui aussi. Je profitai de mon tête-à-tête avec Sancha Panço pour lui tirer les vers du nez. L'ambiance portait aux confidences. Mi-Texan, mi-Mexicain, cet homme, grassement payé, je gage (je devrais écrire je gages), en avait lourdingue dans le sac à dos. Maintenant, privé de ses employeurs, il s'éclate comme une marmite norvégienne dont la soupape ne fonctionne plus.

Je l'accouche sans forceps. Lui fais tout dire sur les protagonistes que je prends l'un après les autres.

David Grey? Un drôle de corps, terriblement lunatique. Te filait une gratification inattendue, sans raison apparente, ou te faisait suer la bitoune jusqu'à ce que t'en viennent les larmes aux yeux.

Ses affaires? Énormes! Le soleil ne se couchait jamais sur son compte en banque. Roi du blé, certes. Et de bien d'autres choses aussi.

D'étranges gens fréquentaient cette maison. Des mecs venus d'un peu partout et d'ailleurs, aux physionomies souvent peu crédibles. Le père David devait se goinfrer à des tas de râteliers.

Son comportement affectif? Il adorait sa fille unique bien qu'il l'eût tenue éloignée dans des pensions coûteuses. Ne savait rien lui refuser. Il était séparé de la mère Dolores, mais elle s'abattait parfois sur la résidence où il lui arrivait de passer plusieurs jours avec son pommadin et son découillé. Périodes de cauchemar pour le personnel.

Sa conviction profonde, à l'ami Sancha, c'est qu'ils avaient un cadavre dans le placard, son époux et elle. Un de ces secrets pestilentiels qui unissent deux êtres à jamais.

Miss Pamela? Plutôt sympa; d'une nature farouche. De toute évidence, elle détestait cette demeure, y venait le moins possible, paraissait ne pas faire cas des garçons. Par contre, le gros Sancha suppose qu'elle allait à la broute avec sa copine Elnora. Elles avaient une façon de s'embrasser à pleine bouche qui laissait peu de doute sur la nature de leurs relations. L'intendant croyait dur comme fer que les deux filles étaient en ménage.

Mais l'être qu'il abhorrait entre tous c'était Los Hamouel, le collaborateur de Grey. Son âme damnée (plus damnée qu'âme, précise-t-il). L'ordure faite homme! Capable de tout et du pire!

Panço l'a vu battre un chien à mort parce qu'il l'avait mordu au talon. Il frappait les femmes de service ou déchargeait sur leurs vêtements, entre deux portes. Il écumait les fournisseurs, se faisant donner des bakchiches, sous peine de leur retirer la clientèle de Grey. Son patron ne pouvait ignorer de telles pratiques. Si le vieux fermait les yeux, c'était parce que le vilain le « tenait ». L'intendant avait vite compris que, pour conserver sa place, il devait composer avec lui.

A présent, tout ce joli monde était anéanti. Certes, il lui fallait chercher une autre situation, mais ce qu'il perdrait en revenus, il le compenserait en tranquillité d'esprit.

En l'écoutant, je songeais que cette citadelle à la gomme ressemblait à un nid de frelons, prêts à fondre sur l'intrus qui en troublerait les magouilles. Tu parles d'un repaire, Prosper !

De tout ça, nous discutons, l'acoolo-au-brasnazé et moi. Il est joyce d'avoir dégauchi un terlocuteur de qualité (t'inquiète pas : je prends des médicaments contre les accès de vanité purulente). Comme nous voilà, on va jacter la nuit complète, c'est couru.

J'essaie d'apprendre la nature des affaires marginalo-grenouilleuses auxquelles David consacrait une partie de ses activités. Le Mexicano-Ricain pense qu'il s'agit de blanchiment d'osier, et de came en provenance du Venezuela. Sachant que les gens peu curieux vivent plus longtemps que les autres, il ne voulait pas en connaître davantage.

Je le branche sur l'enlèvement de la Dolores pendant le dîner, opéré par de faux policiers. Là, il entrevoit une lueur, le biberonneur. D'après lui, les individus bizarres qui fréquentaient cette maison, apprenant la mort tragique de Grey, se sont assurés de sa rombiasse afin de pouvoir poursuivre leurs combines avec l'héritière. Mais c'est une simple suggestion de sa part.

J'extrais de ma *pocket* le porte-brèmes ravissé au chauffeur de la Cadillac. J'y dégauchis des pièces identitaires au nom d'Adamo Corvado, sujet brésilien, demeurant 1024 Texas Street à Miami.

Intéressant, de posséder le nom et l'adresse de l'un des foies-blancs ravisseurs de Mémère. Je demande à l'intendant s'il connaît ce monsieur au faciès aussi avenant que celui d'un crotale auquel on vide la glande venimeuse.

Il regarde la binette du défunt et se rappelle l'avoir vu à plusieurs reprises au domaine, mais en qualité de subalterne (très terne) : chauffeur, bagagiste. Un de ces hommes qui marchent toujours sans jamais avancer, dirait le plus beau pair de burnes de la littérature besançonnaise.

— Qui escortait-il ? insisté-je.

Mon camarade de blabla réfléchit.

— Le croque-mort.

— Pardon ?

— J'ai donné ce surnom à un homme qui vient ici de temps à autre. En fait, il ressemble davantage à un cadavre qu'à ceux qui les enterrent.

Imaginez un long bonhomme maigre comme un cent de clous, aux cheveux blond terne, presque blancs aux tempes. Il a la figure allongée, le nez qui n'en finit pas et lui pend jusqu'aux lèvres, pareil à une vieille bite inutile.

— Belle description, apprécié-je en connaisseur. Vous savez le nom de ce singulier personnage ?

— Il se fait appeler Mr Smith, mais je suppose qu'il s'agit d'un faux nom.

— Il était accompagné ?

— Oui, d'une femme.

— De quoi avait-elle l'air ?

— D'une religieuse anglicane. Toujours habillée de noir et coiffée d'un chapeau dont une négresse ne voudrait pas pour faire le marché. Pas fardée, les yeux comme ceux d'un mannequin de grand magasin, en plus éteints, si vous voyez ?

— Je vois. Que faisaient-ils ?

— Ils s'enfermaient dans le bureau du vieux. Los Hamouel participait souvent aux discussions.

— Quel genre de voitures utilisaient-ils ?

— Des bagnoles de maître, mais vous dire leur marque... Je ne prêtais pas grande attention à ce détail.

Nous nous taisons soudain, l'air devenant irrespirable because les louffes à répétition de Béru.

— Voulez-vous que nous passions dans le salon d'été ? propose l'unibrassiste.

Je lui suis reconnaissant de cette suggestion. Nous évacuons la pièce pour aller respirer les « dames de la nuit » qui s'évertuent dans l'ombre.

Une vasque où l'eau glouloute ingénument, sollicite nos vessies. La nuit est douce et frêle. Je repense à ma petite Antoinette. Quelle heure est-il chez nous ? M'égare en calculs. En tout cas, il fait grand jour de l'autre côté de la mare aux harengs.

— Pourrais-je téléphoner à Paris ? requêté-je à brûle-pourpoint ?

Aux *States*, cette question ne trouble personne.

— Naturellement, répond Sancha Panço. Prenez le poste du bar, à moins que ce soit confidentiel ?

— Ça n'a rien de confidentiel, dis-je, c'est seulement intime.

Je vais au comptoir de faux bambous en bronze qui se découpe dans le clair de lune (et non dans la lune de Claire, comme d'aucuns voudraient me faire dire, tu penses bien !).

Le biniou, luxe raffiné, est fluo. Je pianote les touches molles, le cœur battant. Des trucs se mettent à s'enclencher dans l'éther. J'attends. La divine sonnerie de « chez nous » tarde à naître. Ai-je composé trop rapidement le numéro ?

Enfin un bruit répété : « Tchlaof ! Tchlaof ! Tchlaof ! ».

Mais pas dans le combiné !

Derrière moi.

Je volte.

N'ai-je pas déjà pigé ?

Sancha Panço vient d'avoir la bouille fracassée par trois dragées grosses comme ton petit doigt. Elles ont été tirées à bord d'un tromblon de poche muni du classique silencieux. Une quetsche dans chaque œil : gênant pour lire le menu au restaurant. La troisième au beau milieu du front. Signe maçonnique cher à certains miens amis allant à la messe avec un tablier...

Je raccroche à la seconde où la voix de Félicie dit :

— Allô, j'écoute ?

Moi, à cet instant, c'est mon courage que j'écoute.

Fonce vers l'intendant.

Ses lotos crevés semblent me regarder encore.

Vais pour franchir la haie de buis taillée de manière à décrire des arabesques. M'arrête en constatant que le gros manchoteur lui tourne le dos.

Et que, par conséquent, les balles ne proviennent pas du parc, mais de la maison !

## 21

Parvenu à ce point culminant de mon prodigieux récit, tu as envie de me crier : « Arrête ton char, Ben Hur, sinon tu vas sortir de l'écran ! »

Je sais bien que le drame pleut dru ; mais qu'y puis-je-t-il ? Fallait pas m'accompagner aux *States*, si tu es une petite nature, Lanlure. C'est un pays de sang où le port d'arme est libre. Depuis l'enfance, ces tordus ont la détente dans les doigts. En France, on tire des coups de bite ; chez eux, ce sont des coups de feu. Ils n'ont pas la parole facile, mais savent faire parler la poudre. Chacun son mode d'expression.

Je me place derrière l'intendant afin de situer l'endroit d'où on l'a praliné. Facile. Il s'est fait mâchurer le cigare depuis une tour d'angle qui ajoute à l'incohérence de la construction. Ladite est percée d'une meurtrière et le canardeur a pu se régaler en toute tranquillité.

Dès lors, je fonce réveiller mes deux êtres

auxiliaires (un grammairien inverserait les mots) en les priant de me prêter main-forte. Ordre de sortir des toiles tous les habitants de la demeure afin de leur renifler les doigts.

Tu ne l'ignores pas, Bézuquet, depuis que tu as lu ton premier Agaga Christie : quand on vient de défourailler, il subsiste des molécules de poudre sur les doigts.

Béru prend l'aile gauche, Jérémie la droite, et ma pomme se réserve la partie centrale.

Étranges investigations nocturnes.

Nous toquons à chaque porte. Un individu (mâle ou femelle) vient délourder avec plus ou moins de retard. Nous balbutions une brève excuse, saisissons ses pattounes et les flairons. Certains sentent le cul, d'autres le con, voire les pieds, ce qui est paradoxal pour des mains. Mais la poudre, que nenni !

Arrachés à leur sommeil, les reniflés ne réagissent pas, l'hébétude l'emportant. Seulement ils récupèrent et nous interrogent sur les raisons de notre comportement.

— Il vient d'y avoir un meurtre, répondons-nous, ce qui leur stoppe le caquet.

Au bout de ce contrôle, nous avons fait chou rouge [1].

---

1. Y en avait class de toujours faire chou blanc.
*L'Auteur.*

Je vais consulter les gardes de nuit, lesquels somnolent dans la guitoune leur étant destinée près de l'entrée. Leur demande s'ils ont délourdé à quelqu'un, depuis notre retour. M'assurent que non.

Inlassable, je vais dans la tour. Curieux que l'ouverture par laquelle l'on a composté Sancha Panço s'appelle une meurtrière !

L'endroit pue la poudre. Me fous à l'équerre pour chercher d'éventuelles traces. Bien m'en biche, puisque je découvre un peu plus bas la douille d'une bastos. A examiner avec le plus grand soin.

*In the pocket* ! comme disait ce kangourou venant de trouver une boîte de préservatifs.

Je continue de gravir l'escalier du donjon. Trois niveaux en tout. M'attends à déboucher dans un quelconque grenier.

Va te faire mettre, je me pointe dans un stand de tir ultraperfectionné et insonorisé. Cibles classiques de carton numérotées, cibles mouvantes sur déroulant, cibles reproduisant l'humain dans différentes positions. Des armes sont accrochées à des râteliers : carabines, revolvers, pistolets, pistolets-mitrailleurs.

Illico, des fragrances de poudre me titillent les naseaux. Je me dirige droit sur l'arsenal. Ne mets pas longtemps à dégauchir l'objet du délit. Il est encore tiède. Un feu superbe, de fabrication ritale.

Je sors d'une fouille mon petit nécessaire à prendre les empreintes de « gitane » chères à Béru. Si j'en déniche, elles ne signifieront pas grand-chose car beaucoup de gens se sont probablement exercés avec ce riboustin.

Cette rapide opération accomplie, je sors du stand par une porte opposée. Ladite donne sur une terrasse. Je la traverse sans tu sais quoi ? Oui : coup férir !

Cet espace d'environ dix mètres sur douze est entouré de fleurs en bacs. M'agine-toi que l'un des massifs se trouve placé perpendiculairement au mur, au lieu de le longer comme les autres. Cette anomalie m'attire. La plate-bande fleurie méritait le détour, en effet. Con-an-juge : elle pivote, ce qui est rarissime pour un massif de fleurs.

Ce faisant, elle dévoile un puits dans lequel s'enfonce une échelle de fer.

Tu sais ma témérité ?

Tu comprendras alors que je m'engage aussitôt par l'ouverture.

*
* *

Je ne compte pas les barreaux. En tout cas il y en a des chiées, voire un peu plus. Je me sens pousser des ampoules aux mains. *Voyage au centre de la terre* du brave Jules (bali) Verne.

Parvenu au bout de celui-ci, j'ai les cannes mollassonnes et les genoux qui font bravo.

Un souterrain se propose, je l'emprunte.

Pas du tout le côté terrier suintant. Non : plutôt les couloirs du Métro en miniature. J'y déambule d'un bon pas, tendu comme la corde d'un arc ou comme la bite d'un violeur à la tire (un coup).

Qu'il est long le chemin conduisant au Ciel ! Duraille d'évaluer les distances dans un boyau qu'éclaire seule ma loupiote de gousset.

A force d'à force, j'arrive tout de même au bout, à savoir au pied d'une deuxième échelle.

De nouveau, je chique le petit écureuil (qui se carre des glands dans le cul en prévision (ou provisions) de l'hiver.

Cette fois, je résurge tu veux savoir où ?

Dans un confessionnal, mec. A la place qu'occupe le prêtre pour entendre les turpitudes des pénitents.

Me voici dans une petite chapelle bâtie en contrebas du domaine. La lampe rouge est allumée, arrachant tant bien queue mâle un autel fromagesque à la noye.

Je me dirige vers la porte.

Sors.

Je retrouve la nuit tiède, la brise, des senteurs

aquatiques. Le lac est à deux pas, immense flaque d'argent sous la lune, ne puis-je me retenir de lyrismer.

Entre l'eau et la chapelle : la route.

C'est par là qu'est venu le meurtrier.

Par là qu'il est reparti.

Conclusion : il connaît les lieux très à fond.

## 22

1024, Texas Street, est situé dans la périphérie miamiesque. C'est un immeuble de béton pourvu d'escaliers extérieurs, aux larges vitres carrées garnies de stores à lamelles. Le bas de la construction est occupé par un cinéma d'apparence défraîchie dont les affiches concernent des films nettement culiers, à en juger par les photos sur lesquelles se trémoussent des frangines à loilpé, rousses échevelées pour la plupart. A l'arrière-plan, t'as des costauds vêtus de cuir et munis de fouets redoutables.

Les degrés de fer vibrent sous nos pas.

Après avoir gravi deux étages, nous stoppons devant un huis métallique, fermé par un simple bec-de-cane chromé.

Je délourde sans difficulté et pénètre dans un bref couloir nous offrant deux autres portes, en bois celles-là.

Personne ne répond ; je réitère à plusieurs reprises en augmentant l'intensité.

Que tchi !

— Voudrasses-tu que je démène de l'épaule ? propose Béru.

— A quoi bon ? objecté-je en sortant mon sésame.

Rien de plus fastoche à craquer que cette serrure pour coffret à bijoux d'employée de maison portugaise. Elle se rend à mes raisons avec la docilité d'une agnelle à qui le loup montre sa denture ensanglantée.

Un bout de vestibule nous accueille. Sur la droite, un coin à manger comportant une kitchenette, au mitan une piaule en désordre sentant le lit, le joint et le parfum importé des îles Fidji. A gauche, les zouatères et une salle de bains.

Une radio sévit dans cette dernière. Un groupe de Mexicanos chante en poussant des cris déchirants dont on ne sait s'ils sont dus à un gros chagrin ou à une forte hilarité.

Je tourne délicatement le loquet ; l'huis s'écarte, docile.

Nous avons dès lors une vue imprenable sur une jeune femme à poil, en train de se briquer le Raminagrobis à main nue sous la douche.

Elle nous tourne le dos, ce qui nous permet d'admirer à loisir son exquise contrebasse. Le joufflu est un peu fort, mais les cuisses sont harmonieuses et la taille « bien prise », aurait dit un de mes confrères du siècle des Lumières.

Elle est très brune, provisoirement défrisée par le jet impétueux. Jolie bestiole ! Elle se passe longuement la paluche dans la tranchée des baïonnettes, ensuite se fourbit la laiterie avec la même complaisance. Quoi de plus excitant qu'une belle fille occupée de son corps ?

Tous trois retenons notre respirance, attentifs, dilatés, émus.

Après plusieurs minutes de « blablutions », elle coupe l'eau et, à tâtons, s'empare d'une serviette suspendue au pommeau doucheur, se sèche énergiquement, se retourne. Elle vaut la volte-face.

Tudieu l'engin ! Le regard noir, immense et ravageur, la bouche lippue des goinfreuses de pafs, le teint ocré, les chailles étincelantes, les pommettes hautes, cette nière te flashe le sensoriel à t'en boursoufler les roustons.

Elle marque deux réactions dans la foulée : primo, la surprise, deuxio la fureur. Pas un instant de peur chez cette femelle ardente.

— Qu'est-ce que vous foutez là ? glapit-elle en espagnol du Mexique.

Bérurier murmure :

— J'ai rarement vu un tablier pareil ! Y aurait assez pour faire un manteau d'estragon à Berthy !

Son admiration n'échappe pas à la pileuse, laquelle étale le chiftir « nid-d'abeilles » devant son monument aux Poilus d'Orient.

J'assure à la belle que nous avons dûment toqué à sa lourde, mais sa radio tonitruant, elle n'a pas entendu. Ça la calme un chouïa. Elle nous prie de l'attendre dans le salon-salle-à-manger-cuisine.

Ce que.

Un énorme tas de tortillas froides stimule les gustatives du Lardé qui se met à claper sans la moindre gêne.

Par la fenêtre donnant sur l'arrière, et au-delà d'une cour obscure, on distingue la mer, peu loin, avec des pavillons claquant au vent et une théorie d'hôtels au luxe ricain.

Miss Poil-Poil se radine, un peignoir orange serré à la taille, les mamelles à la bade [1].

— Alors ? Qui êtes-vous ? s'enquiert-elle.

— Des policiers français en mission spéciale aux U.S., répondé-je-t-il.

Ça ne l'émeut pas plus que si nous étions des bénévoles quêtant pour les inondés du Mont Palomar.

— Et en quoi suis-je concernée ? fait la surpileuse, sa hargne retrouvée.

— Vous êtes l'amie d'Adamo Corvado ? éludé-je-t-il.

— Sa femme ! rectifie-t-elle avec force, fière de la légitimité de leur union.

De toute évidence, elle ignore l'accident sur-

---

1. Dauphinoiserie signifiant : « en vrac ».

venu à son castor. Moi, tu me connais : j'ai horreur d'annoncer les mauvaises nouvelles. Oiseau
de malheur, c'est pas dans mes emplois. Un jour
que j'allais apprendre la mort de son fils à une
maman, je l'ai baisée au lieu de lui dire la vérité [1].
Je suis messager du bonheur par vocation.

Néanmoins, il faut bien plonger, non ? L'afflic-
tion dépasse la réalité, comme on dit par chez
nous.

Le Gravos me sachant par cœur et devinant
mon profond embarras, intervient chariteuse-
ment.

— Laisse, fait-il, j'vas y casser l'morcif.

— Tu ne parles bien ni l'anglais, ni l'espago.

— Quand j'lime non pluve, ça m'empêche pas
d'leur filer des troussées internationables !

Il engloutit l'omelette en cours, se ramone la
clape, va pour porter l'estoc à la veuve ignorante.

Qu'à cette seconde précise, un coup de sonnette péremptoire étale ses vibrations au plus
creux de nos porte-crayons.

La femme qui se coiffe le pubis au balai-brosse
rajuste son peignoir et va ouvrir.

Réapparaît, escortée d'un mastodonte d'au
moins trois quintaux. L'individu mesure deux
mètres, sans l'aide de ses pompes à triples
semelles. Il porte un costard plus fripé que le feu
cul de la brave mère Calmant, morte à l'humus de

1. Lire : *Ceci est bien une pipe.*

l'âge. Sa trogne est violacée, tuméfiée, constellée de cicatrices en intailles et en relief, le tout dominé par un tarbouif qui projetait de devenir trompe d'éléphant, mais qui est resté nez de tapir. On penserait à Gargantua si ce phénomène n'était ricain. J'ai déjà visionné des hures de ce style, dans des westerns purulents et inadéquats.

La gonzesse s'abstient de faire les présentations.

Le monstre nous jette un regard d'équarrisseur se préparant à sa besogne.

— Vous dites que vous avez une sale nouvelle à m'apprendre, Charly ? demande la fille.

Le pachyderme grogne. Il sort un cure-dents de son gousset, déjà chargé de bas-reliefs séchés, et part à la recherche d'un bout de *chili con carne*, l'extirpe, le dépose pieusement sur le revers de sa veste, où il se met à ressembler à une obscure décoration de secrétaire de mairie cévenol, enfin il déclare :

— Ça concerne Adamo. Il est mort !

Comme tu peux t'en rendre compte, l'annonce est une merveille de sobriété et de concision.

De la part d'une Mexicaine (ou assimilée), on pourrait s'attendre à un superbe numéro d'éplorance veuvassouse. Rien de tel (dirait Guillaume). Elle morfle la révélation sans broncher néanplus, une pâleur envahit ses traits arboricoles, comme l'écrivait la chère Marguerite Duras dans *Pas tant de chinoiseries, j'ai déjà la jaunisse* (Prix des Deux Magots).

Elle s'assied sur le coin de table, sans prendre garde à sa robe de chambre ouverte qui découvre son pelage d'ourse brune.

— Comment est-ce arrivé ? murmure-t-elle, la curiosité vigilant dans toutes les circonstances de l'existence.

— Accident de bagnole.

Changeant de ton, il demande, en nous désignant :

— Qui sont ces hommes ?

— Des flics français, à ce qu'ils prétendent.

— Qu'est-ce qu'ils foutent ici ?

— Ils ne me l'ont pas encore dit.

Lors le gonzier à pif de tapir s'adresse directo à nous :

— C'est pas le moment de tracasser cette femme : elle vient de perdre son mari.

— Nous lui présentons nos condoléances et désirons l'interroger, riposté-je.

— Écoutez, marmonne l'ogre mal léché (ce qui est compréhensible avec la gueule qu'il a !), vous débarrassez le plancher illico, sinon va y avoir du grabuge.

Il sort un bigophone de ses hardes, me le brandit sous les naseaux.

— Si vous ne dégagez pas, j'appelle mes amis. Ils monteront vous arranger des têtes de boxeurs ayant raté leur *come-back*.

– Qu'est-ce y dit? s'informe Alexandre-Benoît.

– Il exige qu'on joue cassos sous peine de nous exploser le portrait.

Le Majestueux hoche la tête d'un air dubitatif.

– Ce tas de viandasse avariée?

– Il va prévenir ses potes qui l'attendent dans la rue.

– C'est ben pou' dire d'en installer! ricane l'Enflure.

Avec une promptitude à laquelle s'ajoute une souplesse insoupçonnable chez un être de cet embonpoint, il shoote dans le battoir du monstre dont le bigophone valdingue à travers la pièce.

Pris au dépourvu, le dénommé Charly exhale un râle de cachalot niqué par le harpon d'une baleinière, porte la main meurtrie à sa ceinture et s'arrache de la panse un riboustin un peu plus gros qu'un canon de marine à longue portée.

Sans l'ombre d'une hésitation, il tire sur Béru.

Reusement, la Très Sainte Vierge Marie veille et inspire Jérémie, lequel virgule sa semelle sur la paluche armée de l'Ogre.

Résultat?

Le feu, brutalement détourné, crache une volée de bastos dans la poitrine affriolante de la pauvre veuvasse, laquelle se casse à tire-d'aile pour rejoindre son époux.

Le mec, ça le rend maboul, ce double échec.

Qu'en plus, il passe pour ce qu'il est : un gros con plein de bière.

Obéissant à sa fureur (mauvaise conseillère), il saute sur notre pote et lui colle un démonte-mâchoire qui fait jaillir le dentier d'occasion de notre ami.

Remet ça !

Le Sire de Saint-Locdu s'affale. Son antagoniste se jette alors sur son bide. Saisissant combat de dinosaures aux prises dans une lutte à mort !

Sous son énorme agresseur, il disparaît en partie, Alexandre-Benoît. Semble presque fluet.

Le gros sac d'haineux vient de le prendre à la gorge. Je m'apprête à intervenir lorsque s'opère une prodigieuse renversée.

Le Ricain pousse un hurlement en comparaison duquel le barrissement du mammouth blessé est un soupir de libellule abandonnée par son mari sur une feuille de nénuphar.

Renseignement pris, Tonton Béru vient de lui enfoncer la lame de son Opinel (tête couronnée) dans les génitoires. Loin de s'arrêter sur le chemin de la reconquête, notre admirable compagnon replie ses jambes sous le ventre du Maudit.

Ce qui succède en cet instant de folie tient des prouesses d'Hercule. Profitant de la douleur infligée à son adversaire, le chevalier Braillard produit un effort unique au monde pour le propulser en arrière.

En découle alors une scène si tant tellement inouïe que j'ai beaucoup hésité avant de la rapporter dans ce livre magnifique ; mais quoi, nous sommes réunis dans cette perspective, toi et moi.

Moi, pour te le raconter.

Toi, pour l'écouter.

D'ac ?

## 23

Malgré l'énorme masse l'écrasant, notre prodigieux confrère renouvelle l'exploit de Jean Valjean, qui souleva une charrette avec son dos, pour délivrer le cocher bloqué sous elle. Ce, je te le rappelle, sous le regard sardonique de ce fumier de Javert qui pointait toujours son nez de flic quand il ne le fallait pas.

Intensément arc-bouté, Sandre-le-Terrific grogne sous la charge. Il se tend, se bande. Le gros méchant est lentement soulevé, comme par la force d'un cric inexorable. Le spectacle est progidieux. Biblique ! Le Fabuleux poursuit son action. Bientôt, il parvient à s'agenouiller, son fardeau toujours sur les endosses...

Là, il marque un temps.

L'épuisement ? Que non pas ! Au contraire, il se concentre pour l'effort final, se ramasse.

Et c'est l'apothéose ; la détente plus que surhumaine : supraterrestre.

L'homme au Gros Moignon pousse un cri inimitable. Il réussit à se dresser d'une secousse, robot incertain dont son inventeur ignore les limites. Et la « chose » s'opère. Il soulève le ci-devant antagoniste, d'une ultime ébrouance le chasse de son dos d'airain.

Écoute la suite, c'est le plus fabule !

Le dénommé Charly, ainsi propulsé par notre gladiateur chéri, décrit un arc de cercle et, tu sais quoi ? Passe par la fenêtre qui est large, basse et ouverte.

Nous en restons babas, le Négus et moi. C'est *THE* prodige. L'énorme mec se trouvait là, gigantesque, et soudain : *nothing !* Il n'y a plus d'abonné au numéro que vous demandez.

Béru, exténué, reste agenouillé, haletant.

Il finit par questionner :

— Quel étage qu'on est, déjà ?

Jérémie se penche au-dessus de la cour.

— Au deuxième ! répond-il.

— Pas très z'haut, déplore Sa Majesté ; ça dépend tout de comme il s'est reçu.

— Sur la tête, répond notre divin *Black*.

— Alors ça d'vrait jouer, assure le Goliath de Saint-Locdu.

La curiosité m'y poussant, je *looke* à mon tour.

Ce que j'appelle une cour est, en réalité, une sorte de puits aérant l'arrière de l'immeuble. Des objets de rebut y trouvent une sépulture. On y distingue : des voitures d'enfant exténuées, des sommiers déglingués dont les ressorts ont depuis lurette eu raison de la toile, des aspirateurs expirés, beaucoup de tessons de bouteilles et bien d'autres pouilleries ayant perdu leur âme dans ce cul-de-basse-fosse.

Ce rapide coup de périscope donné, je vais me pencher sur la belle dont le veuvage n'aura été qu'un déjeuner de soleil.

Archimorte ! dirait Archimède.

— Voulez-vous que je vous dise ? demande Jérémie. On avait décidé de rentrer en France, maintenant c'est urgent parce que entre la Résidence et cet apparte, question décès violents ça commence à bien faire.

Quel argument opposer à pareille sagesse ?

Nous acquiesçons.

Le Noirpiot qui prend les choses en main, déclare :

— En sortant, on frète un bahut pour l'aéroport où nous prendrons le premier vol en direction de l'Europe !

— Faut toujours suive ses ressentiments, ponctue le Goret transformé en charcutier.

Les hommes sont marqués par le destin. Une couille-molle ne vit que de couille molleries, et un type d'action d'actionneries. Ainsi en a décidé, « le grand Régulateur ».

A la seconde où Jérémie délourde, il se trouve nez à nez avec un mec en chapeau clair, au visage grêlé, affublé d'une fine moustache comme seuls en arborent encore quelques merlans de l'extrême sud italien.

Malgré la température clémente, l'escogriffe porte une gabardine. Ses deux mains y sont enfoncées. Je n'ai pas besoin d'être grand clerc ou gros con pour piger qu'il tient un soufflant dans chacune d'elles, ni d'être voyant pour savoir que ses index sont posés sur les détentes.

Ce qui nous sauve, je vais te le dire sans ambager, c'est la promptitude de Mister Blanchâtre.

Alors là, oui, je dodeline, disait le bon de Funès. Réflexe instantané. Un coup de boule fulgurant du Noirpiot, sans le moindre préalable. Nonobstant la chevelure à ressorts de mon ami, l'arrivant se met à manger ses dents. Sonné sèchement.

Note qu'il parvient à extirper ses arquebuses, mais l'énergie n'y est pas. D'une monstrueuse talonnade dans les pendeloques, Béru achève la négociation en lui éclatant les pendentifs. C'est trop pour le ci-devant petit-vérolé : il s'évanouit comme la marquise de Pompadour trouvant un rat de gouttière crevé dans sa réserve de Tampax.

On se le traîne dans l'apparte, mes péones *and me*.

— Les gars, décidé-je, saucissonnez ce crabe malade et descendez me rejoindre : je vais m'occuper de ses éventuels complices.

Je prends les deux flingues de Chtouillard à toutes fins utiles.

Cette fois, on doit jouer archi-serré car les archers miamiens, malgré notre qualité de flics, pourraient nous offrir un séjour prolongé en Amériquerie.

Les vagues alourdies, je descends, sors du petit immeuble et renouche les lieux. Ne tarde pas à apercevoir une vieille Chrysler verdâtre, émaillée de rouille, avec un pare-chocs retroussé comme les moustaches du Kaiser Guillaume II. Un mec mâche de la *gum* au volant, un autre grille un clope, le coude passé par la portière. De la musique pour débile mental fait trembler la caisse...

N'écoutant que mon instinct, je délourde à l'arrière et prends place.

— Salut, les gars, je jette avec entrain ; c'est pas pour me vanter, mais il fait rudement beau aujourd'hui.

Mon assurance et mon accent étranger les sidèrent.

— Qu'est-ce que c'est que ce zozo ? gronde le conducteur qui aurait pu être nain s'il avait mesuré cinquante centimètres de moins.

– Un ami qui vous veut du bien, le renseigné-je.

Je place mes coudes sur chacune des banquettes avant dans une attitude familière.

– Voyez-vous, ajouté-je, il n'est point de détente véritable si l'on n'y met pas chacun du sien. Vos deux copains qui viennent de monter chez Adamo vous diraient la même chose s'ils pouvaient encore parler.

Le type assis près du chauffeur pichenette sa tige et remonte la vitre. Puis il se retourne vers moi. Ma surprise est grande d'apercevoir un couteau dans sa paluche ; un curieux ya, à la lame longue et étroite, extrêmement pointue.

Cette peau de zob racornie me le plante dans la main gauche ! Ah ! le vérolé de sa mère ! L'acier a traversé ma pogne pour s'enfoncer dans le garnissage du siège. M'y voilà épinglé comme le papillon à sa boîte.

La situation est grave, mais pas encore désespérée.

## 24

Je considère ma paluche percée de part en part d'où le sang se met à dégouliner.

– Ce connard va saloper mon costard ! grogne le conducteur en se penchant sur son volant.

– Je te promets qu'il va t'en payer un autre ! affirme son pote.

Pendant ce bref échange, j'ai récupéré l'usage de ma dextre toujours libre et l'ai engagée dans ma fouille. D'un glissement imperceptible, je saisis le flingue qui attend.

Entre le dossier et le siège de mon tourmenteur, existe un mince interstice dans lequel j'insinue le canon. Sans attendre, je presse la détente à deux reprises.

Le bruit des détonations est étouffé par l'épaisseur du fauteuil. Tu pourrais le prendre pour celui d'un échappement défectueux, si ce n'était l'odeur de poudre...

– Qu'est-ce que ?... commence à s'enquérir le

driveur, qui, je te le répète, aurait pu être nain s'il n'avait grandi.

Je dégage mon feu de la banquette et le lui montre tout en songeant qu'il ne reste plus qu'une bastos en magasin. Mais quoi : une balle bien tirée peut faire un mort en état de marche, non ?

Le silence de ma victime m'intrigue. Le blessé reste immobile sur sa banquette.

Au bout d'un instant, il chuchote :

— J'ai la colonne vertébrale touchée, je ne sens plus mes jambes.

— Tu t'achèteras une petite voiture, lui dis-je cyniquement ; il y en a de très performantes, avec moteur et direction assistée.

Puis, à son copain qui Verdi comme le Trouvère :

— Toi, tu vas enlever cette lame de ma viande en gaffant de ne pas me faire souffrir. Si j'éprouve la moindre douleur supplémentaire, faudra un aspirateur pour décoller ta cervelle du plafonnier.

Et de braquer l'arme entre ses sourcils fournis.

Pile comme s'achève l'extraction, mes deux camarades réapparaissent. On lit sur leur visage la satisfaction du citoyen venant d'accomplir sa tâche.

Un signe de Bibi : ils me rejoignent à l'arrière.

— Ça pue la guerre de Quatorze dans c't' chignole, déclare Béru.

– Du grabuge ? demande Jérémie, voyant le raisin dégouliner de ma dextre.

– J'ai eu la main transpercée par un coup de surin, le mec de droite a pris deux bastos dans la région roubignolo-culière en représailles. Quant au vaillant conducteur, si j'en crois l'odeur de merde se mêlant à celle de la poudre, il doit connaître la reddition de ses sphincters.

Je fais de la place à mes chers larrons (des bons en l'occurrence) et ordonne au chauffeur de rouler.

– On va où ? questionne-t-il en actionnant la clé de contact.

– Un coin désert, lâché-je.

– Vous allez pas me buter ! larmoie-t-il. Je vous ai rien fait !

– Mais non ! Seulement bavarder.

Dans le langage des truands, le verbe bavarder revêt une signification redoutable, surtout lorsqu'il intervient après la perspective « d'un coin désert ».

– Je n'efface les gens qu'en état de légitime défense, ainsi jamais je n'aurais zingué le bassin de ton camarade s'il ne m'avait traversé la pogne de son eustache !

Dans le rétroviseur, le nain raté me considère avec défiance. Pour atténuer ses affres, je lui souris.

A cet instant, une tire au gyrophare en folie

débouche dans la rue, freine à mort et stoppe devant le ciné. Deux draupers en jaillissent, cependant qu'un troisième attend à l'intérieur.

Je te parie un séjour à Venise contre le slip de Béru que ces archers se rendent chez Adamo Corvado, mort accidentellement à bord d'une bagnole volée. S'ils n'y sont pas venus plus rapidement c'est tout bonnement parce que j'avais chourré ses fafs et qu'ils ont dû procéder à des recherches pour l'identifier.

— Ne t'affole pas, dis-je calmement à l'ancien nabot, déboîte sans te presser.

Pâle comme l'intérieur d'une coquille d'huître, il opère la manœuvre et roule en direction du sud.

D'une allure de corbillard, nous traversons un chapelet d'agglomérations composant une seule ville interminable. D'après les panneaux routiers nous approchons d'Everglades National Park, à la pointe de la Floride.

Je déclare au driveman :

— Je te donne cinq minutes pour dénicher un endroit valable. Passé ce délai, tu risques de gros ennuis de santé.

Il s'engage dans l'immense parc d'une allure mollassonne. A côté de lui son pote s'est évanoui ; sa tête dodeline contre la vitre. Deux balles dans le figne, c'est pas la mort du mec, pourtant !

Blanc qui observe le gnome dans le large rétroviseur murmure :

– Nous devrions nous gaffer de ce zigoto : il a l'air soudain réconforté, cependant son horoscope n'est pas meilleur que tout à l'heure.

Ces paroles pertinent.

Apercevant à droite une vaste aire de jeu bordée de palmiers, j'enjoins au croquant de s'y rabattre. L'endroit comporte un terrain de base-ball, un autre de basket et une immense piscine pourvue de cabines sur un côté.

Je suis surpris par la désertion du lieu qui devrait grouiller de jeunesse. Le dis à Jéjé.

Il hausse ses puissantes épaules moricaudes :

– Tu n'as pas vu les affiches recouvrant la région ? C'est la finale de la coupe de foot-ball américain, à Miami.

Je n'avais pas pris garde.

La tire s'avance jusqu'à un assez vaste parking susceptible d'accueillir une bonne centaine de guindes. Ne s'y trouve qu'une antédiluvienne Ford aux pneus à plat, agonisant sous la poussière.

– Arrête-toi près de cet os ! commandé-je.

Le gussier obéit.

Je tends le deuxième feu gonflant ma poche à notre Valeureux.

– Fais descendre le chauffeur et fouille-le.

Il en est fait selon ma volonté.

Tout ce que le Noirpiot dégage de ses hardes, c'est une matraque de caoutchouc.

Je file un coup de coude au Mammouth somno-
leur.

— A toi, l'abbé !

— Il s'agisse de quoive ? demande-t-il, mal
réveillé.

— Surveille ce petit vilain tout moche pendant
que Jérémie examinera la place conducteur. J'ai,
comme lui, le curieux pressentiment qu'il nous a
baisé la gueule à un moment donné.

— Fais-toi pas d'mouron, grand. S'il bronche,
j' le décortique comme un' langoust' mayonnaise !

Ma main transpercée me fait durement souffrir.
L'impression qu'un rongeur féroce me la grignote
de ses dents pointues. Je la tiens en l'air pour
moins sentir le sang marteler la plaie. Pourvu que
cette vomissure de crapaud ne m'ait pas sectionné
quelques nerfs ; je ne suis pas bonnard pour me
coltiner une paluche nazée.

Devant moi, le Prince Noir s'affaire, et puis
émet un sifflement qui me trémulse les cages à
miel.

— Du nouveau ? m'enquiers-je.

— Un peu. Regarde !

Il fait pivoter le rétroviseur, lequel est très
grand, comme toujours sur les voitures amerloques.

J'avise le minuscule appareil posé derrière la
glace. Un point lumineux vert est niché à la base
de l'instrument, preuve qu'il est branché.

– Je le savais, grogné-je. Ce dispositif permet à une centrale de positionner ce véhicule et de recevoir les signaux qu'il émet.

– Il a établi le contact sans que nous nous en apercevions, explique Vendredi. Nous devons nous attendre à une intervention de ses complices.

– Dont acte ! conclus-je en lui désignant l'énorme Chevrolet aux vitres opaques qui se radine.

## 25

– Hé ! lancé-je au roi de l'andouillette panée, remonte à bord, nous avons du monde !

Gradube mate, pige.

Ce bref moment de distraction permet à notre zigus de tester sa pointe de vitesse et de courir en direction de la guinde survenante. Le Gros va pour l'allumer, mais je lui hurle de n'en rien faire.

Pesteux, péteux, meurtri, il réintègre la caisse tandis que Jérémie prend ses aises au volant.

– Programme ? demande celui-ci avec un flegme plus britannique que sénégalais.

– Je le laisse à ton inspiration, réponds-je, quasiment au bord de l'évanouissement, tant est intense ma souffrance.

Mon gentil Noirpiot acquiesce et accélère. Il moule l'asphalte pour prendre à travers la pelouse. Son sang-froid est confondant. Tu dirais qu'il pilote un engin spatial pour Mars.

Accagnardé dans la tire, je m'efforce de mater par la vitre arrière.

Tu sais quoi ? J'en méduse comme le radeau ! La Chevrolet, loin de nous courser, vient de stopper. Mais, que se passe-t-il ? Une espèce de trappe se soulève au milieu de son capot. Un tube sort de l'ouverture ! Qu'est-ce à dire ? Il nous la joue James Bond ou bien ? Cependant pas d'erreur, j'ai beau me pincer la peau du zob, la réalité est là : c'est bien un lance-roquettes !

— Donne un coup de volant ! crié-je à m'en craquer les cerceaux et à m'en entortiller les cordes vocales autour des bronches.

Mister Blanc obtempère.

Mais pas suffisamment vite. Une formidable secousse ébranle notre véhicule, le disloque.

Je me sens happé par l'atmosphère. Nous partons en quenouille, mes potes, l'évanoui et moi.

Huile et ferraille ? Fragances de soudure oxhydrique et de brûlé aussi.

La douleur émanant de ma main perforée se fond dans une apothéose de souffrances. Moi qui aime tant déconner, je déconnecte !

Comment te relater ces instants limites, au cours desquels tu n'es plus rien, sans toutefois cesser d'exister ? C'est comme du mauvais sommeil d'homme exténué et vaincu.

Je perçois des gémissements. J'entends des sonneries... Cela ressemble au déferlement sonore d'un carillon Westminster.

Suis jeté à même le plancher d'un véhicule. Perception d'un autre corps contre le mien. Celui d'un ruminant ? Une respiration « encombrée », suffocante.

On roule. Une sirène glapisseuse. Les flics ? Il semblerait ! Mais le bruit est tellement proche que c'est la tire où je gis qui doit l'émettre.

Perte de lucidité. Et puis une sorte de brume paradisiaque au cœur de laquelle se forme le radieux visage d'une merveilleuse petite fille.

Il n'y a pas grand-chose à retenir du néant. C'est confus, incertain. Mieux vaut s'y abandonner totalement, sans espoir de retour.

\*
\* \*

Les gens couchés sur le dos s'éveillent en regardant le plafond. Celui que j'aperçois est en teck clair, pimpant. Des choses floues sinuent dans le vernis. Me faut un brin de moment pour comprendre qu'il s'agit d'un miroitement d'eau reflété par la surface brillante.

Quelqu'un respire avec difficulté, non loin de moi. Allons, mon San-A., du cran ; puise dans tes réserves, produis un nouvel effort, l'existence en est friande.

Bandant ma volonté et mes muscles (en attendant mieux), je décris un quart de volte, ce qui me permet de tout piger.

Me trouve dans la luxueuse cabine d'un bateau. N'y suis point seul : Alexandre-Benoît Bérurier est affalé au sol, le groin dans la moquette, les membres pareils à ceux d'une grenouille ou d'un défenestré, c'est-à-dire en zigzag. Ses harnais sont déchiquetés et l'on voit son formidable cul velu, dont la fesse droite est ouverte kif un potiron à l'étalage d'un marchand de primeurs.

Parce qu'il saigne d'abondance, un méticuleux a étalé une grande serviette de bain sous sa panse porcine. Il est dans le sirop, comme je l'étais naguère, mais respire grassement en floconnant du tarbouif.

De mon brave Jérémie, rien !

Le barlu navigue. Une légère houle le dodeline, juste assez pour filer la gerbance à une petite nature.

Nonobstant la présence du Mammouth, la cabine sent bon le bois neuf et le spray à la lavande des Alpes.

Malgré deux lits disposés en équerre, nous avons été flanqués sur le tapis. L'on a enveloppé ma sinistre transpercée d'un linge.

Je tente de réfléchir, de me rappeler les ultimes épisodes de l'aventure. La grosse Che-

vrolet noire et son canon gadget. L'explosion de
notre véhicule. Le schwartz consécutant. La
sirène policière...

— Tu m'entends, Gros ? demandé-je.

Il continue de vageindre. *Out* en plein !

Au prix d'un gros effort, je parviens à me
dresser et m'approche du hublot.

La mer est bleu drapeau, le soleil déjà haut
dans le ciel. Nous sommes sur tribord. Très
loin, vers l'est, je distingue des îles qui doivent
appartenir aux Bahamas, donc nous naviguons
cap au nord ; vers quelle destination ? A suivre...

Avisant une petite porte, je m'y dirige. Elle
donne sur une minuscule salle de bains,
« agrandie » par des miroirs.

Sainte Félicie, tu verrais ma gueule ! On
dirait que je viens de passer par la broyeuse
d'un évier. J'ai rencontré pas mal de boxeurs
déchus au cours de mon existence vagabonde,
des qu'avaient livré « le combat de trop » et
dont le portrait rappelait un Picasso de l'époque
bleue. Eh bien, c'étaient des Adonis comparés à
mégnace ! J'ai des lésions partout ! Le pif éclaté,
la bouche ravagée, la paluche gauche grosse
comme une tortue de mer !

Ah ! il est frais le papa d'Antoinette !

Saisissant un linge de toilette, je bassine ma
triste frime à l'eau froide. De quoi hurler tel un
damné de l'*Enfer* de Dante. Joins à cela que

mes fringues lacérées pendouillent kif les feuilles d'un épi de maïs trop mûr. Style la mère Joséphine Baker venant chanter *J'ai deux amours* à Pantruche, en l'an de grâce 1925.

Tout en aspergeant ma frite sinistrée, je songe à Mister White. Que lui est-il arrivé, à ce tendre compagnon ? A-t-il laissé sa vie dans l'explosion de la tire canonnée ? Je sucre d'y penser, mon rythme cardiaque s'affole. Une colère violente comme le simoun me titube les montants !

L'idée d'embrasser une profession pareille, bordel ! Dire que j'aurais pu devenir un véritable aventurier en faisant instit dans une banlieue chaude, ou astrophysicien à l'observatoire de Pont-de-Chéruy !

Allons, au lieu de déplorer ta vocation, penche-toi sur plus infortuné, camarade.

De mon mieux, je porte assistance à l'Entamé. Les secours sont sommaires lorsque tu disposes seulement de flotte et de serviettes.

Pendant que je m'escrime sur son plantureux fessier, sa voix pleine de pommes de terre chaudes murmure :

— Les couilles ont reçu ?

— Par miracle, non !

— Alors, faut que je remercille la p'tite Sœur Thérèse.

— C'est à ce modèle de pureté que tu dois la conservation de tes bijoux de famille ?

– Si c'est pas à ell', é transmettrera! fait cet être habité par la foi.

Sur ces pieuses paroles, la lourde s'ouvre.

*Mamma mia* !

Ils sont trois à pénétrer de biais : Jérémie et deux balèzes qui le soutienent. C'est, à première vue, le moins fringant de notre trio. Si j'en crois mon expérience, ce n'est pas la roquette qui l'a arrangé de la sorte; je reconnais l'œuvre de coups-de-poing américains. Démolition soignée, consécutive à un interrogatoire « poussé ». Il a sa frimousse d'ébène hachée hamburger, le limier.

Tu parles d'une séance récréative, Olive! Ceux qui l'ont entrepris ont réussi leur maîtrise de passeurs à *tobacco* ! Son généreux faciès a été méthodiquement pilonné par l'instrument. Sa tronche ressemble à une toile d'araignée dont chaque fil serait une plaie.

Ses tortionnaires (je suppose) le lâchent au côté du Mastard. Blanc tombe raide comme une clé à molette. Puis les deux gonzemen se concertent du regard et s'entre-acquiescent [1].

Ces chérubins troquent leur cheval aveugle contre un borgne. Me saisissant par les ailes, ils m'entraînent hors de la cabine, dont la lourde se

---

1. Je préviens mes nouveaux lecteurs que, contrairement à ce qui se passe chez mes confrères, ici les fautes de français sont volontaires.

*L'Auteur libre.*

ferme extérieurement par un superbe verrou de laiton.

Une brève coursive me donne à penser que le bateau n'est pas très grand. Il s'agit d'un chouette yacht de plaisance avec lequel son proprio n'affronte sûrement pas le cap Horn.

Allez, *go* !

## 26

Quelques marches et nous accédons à un grand salon (il va de bâbord à tribord) entièrement vitré et climatisé, avec d'élégants fauteuils en cuir havane et bois « médusé ».

Vautrés dans ces sièges, trois personnes : deux hommes vêtus de blanc et une femme dévêtue d'un bikini-bokono-belkonnasse. Fille impressionnante par sa géographie : yeux pervenche, dents blanches, haleine ne sentent pas le Munster, avec des rondeurs en forme de nichebabes et un prose qui te met automatiquement du préhensile dans la main.

L'un des deux hommes, vieillard sec et ridé, « aux cheveux de neige », disent puis les grands romanciers appartenant au Tout-Paris de Saint-Nom-la-Bretèche, fume un cigare plus gros qu'une bite de maquignon. Dos à moi, le deuxième mec, à l'allure jeune.

Mes chiourmeurs [1] me poussent en avant et reculent légèrement, de façon à rester entre les panneaux de verre coulissants et moi, prêts à intervenir si je jouais les facétieux.

— Bonjour, m'sieurs-dames ! claironné-je, très Gavroche sur les barricades.

Mais tout de go, mon humour de marchand de cravates à la sauvette s'évapore.

Le personnage que je ne pouvais voir vient de se retourner, ça me fait comme si on chargeait sur mes robustes épaules l'obélisque de la Concorde pour que j'aille le restituer aux Égyptiens.

Tu sais qui, Riri ?

Los Hamouel, mon mignon. L'homme de confiance de David Grey, « mort » avec le magnat du blé dans le crash de son avion !

Y a de quoi, hein ? De quoi tout ce que tu voudras, et même davantage !

Comment conservé-je-t-il une impassibilité de magot chinois dont l'épouse aurait flanqué trop de piment dans le bol de riz ? Mystère !

— Ce brave secrétaire particulier ! je m'exclame en m'avançant. Vous paraissez doué pour les catastrophes aériennes !

Il a toujours ce regard glacial et flétrisseur de

---

1. Dérivé de « gardes-chiourmes ». Ça vient de sortir et je n'en ai pas encore avisé l'Académie française. Je le ferai demain en allant livrer leurs « Pampers ».

S.-A.

glandu prenant ses contemporains pour une chiasse de gibbon diarrhéique.

— Vous vous êtes fait remplacer au pied levé pour voyager dans le zinc du père Grey, poursuis-je. Un funeste pressentiment ?

La blonde se marre comme la maison vivante de Jonas.

— Il a de l'humour, dit-elle au vieux qui ressemble trait pour trait au pébroque du major Thompson.

Lui, pour le dérider, y aurait besoin d'une presse de teinturier. Mais bon, l'humour, ça n'a qu'un temps. Il faut bien passer aux choses sérieuses quand le nez en carton n'amuse plus.

Plié en deux, voire en trois, je me mets à observer le tapis beige.

— Que cherchez-vous ? demande la gerce, nettement plus sociable que ses compères.

— Du sang, réponds-je ; à la façon dont vous venez d'arranger mon confrère, ce délicieux salon devrait être à refaire.

L'émacié cause. Enfin !

Il dit :

— Pour quelle raison êtes-vous aux États-Unis, tous les trois ?

Je réponds :

— Commission rogatoire : meurtre et tentative de meurtre perpétrés sur le territoire français. Les autorités américaines nous ont permis d'enquêter dans le pays.

– Que vous ont appris vos recherches ?

– Des éléments que nous révélerons à nos supérieurs exclusivement.

– Votre langage n'est pas approprié aux circonstances, murmure le parcheminé.

– Nul autre ne nous sauverait, vous êtes bien d'accord ? Nous en savons trop et sommes des témoins irrémédiablement sacrifiés. Notre vie compromettrait la vôtre. Aucun terrain d'entente n'est donc envisageable. Si vous me torturez, comme mon compagnon, ce sera par pur sadisme. Mais vous êtes un monsieur trop réfléchi pour prendre plaisir à des manœuvres aussi primaires.

Mon argutie le laisse sans réaction. Ce mec-là, c'est l'impassibilité faite homme.

La gonzesse me contemple sans déplaisir. J'ai eu moult occasions de réaliser l'impact du charme santonien sur les gerces.

– Beau parleur ! note le déplaisant collaborateur de David Grey.

– Cette exquise est-elle de votre famille ? demandé-je.

Il ne répond pas, mais la fille secoue la tête négativement. On pourrait conciliabuler de concert si nous nous trouvions en tête à tête. Tu paries ? Et voilà que mon sens divinatoire entre en action, spontanément, sans que je le sollicite.

– Ne seriez-vous pas Elnora Stuppen ? interrogé-je.

Pourquoi brutalement cette question ? Sans que mon esprit, je le jure, n'ait eu à la pêcher dans ma tambouillasse de pensées.

Elle est interloquée.

– Qu'est-ce qui vous fait croire ça ?

– En ce jour où les morts renaissent, dis-je, toutes les hypothèses sont envisageables.

– Je vous trouve étrange.

– Vous n'êtes pas la première à le remarquer.

Je ne déteste pas le petit air soucieux qui mobilise ses traits charmants.

– Une passagère du *Princess Butock* a été précipitée à la mer et vous avez pris sa place, n'est-ce pas ?

– Quelque chose dans ce genre, admet-elle.

– Vous devez être experte, question déguisement ; qui était-ce, une femme ou un homme ?

– C'est important ?

– Simple curiosité de ma part, veuillez me la pardonner. D'après certains renseignements, vous étiez la partenaire de l'infortunée Pamela ?

– Quelle sotte idée !

Elle coule un regard prompt sur Hamouel qui n'apprécie guère nos papotages.

– Les gens voient le mal partout, éludé-je. Pourtant, je vous préférerais en ménage avec une fille plutôt qu'avec cet individu (je désigne le secrétaire).

Piqué au vif, comme on disait jadis, le Malluné se dresse et me flanque un coup d'avant-bras au travers de la physionomie. Je n'espérais que cela, magine-toi !

Illico je titube et tombe à la renverse, en demeurant inanimé, semblable aux objets qui captivent notre âme et la force d'aimer.

Je sens un moment d'embarras non gastrique dans la pièce. Mes « hôtes » sont déconcertés par l'incident. Le dabe à morpho de fakir fait entendre un petit chuintement d'impatience.

Il lance aux deux sbires :

– Voyez ce qu'il a !

Dans dix secondes ou l'année prochaine, selon ta faculté de compréhension, tu auras pigé l'astuce. Elle résulte de la manière dont les péones du vieux sont armés. N'ayant pas à planquer leurs feux, ils le portent fiché dans la ceinture, à la corsaire d'opérette.

Or donc, ces hommes de main se penchent sur moi pour s'occuper de ma carcasse défaillante. Ce qui suit relève de la comédie ricaine à technique élaborée.

Au moment où ils se baissent, *Grippeminaud le bon apôtre, jetant des deux côtés la griffe en même temps, met les plaideurs d'accord en croquant l'un et l'autre !*

Je t'explique.

Avec célérité, je virgule les mains en direction de leurs armes que j'empalme, puis exécute un prompt rétablissement.

Le mieux équipé en matière de réflexes me saute dessus. Cette manœuvre reste à l'état de projet car je lui file une valdoche en plein pylore, à moins qu'il ne s'agisse du duodénum (que le papa d'Apollon Jules appelle « le duo des nonnes »). Le mec s'écroule avec le bruit du chêne qu'on abat dans la propriété d'André Malraux.

Je mets à profit l'hébétude de son acolyte pour l'estourbir d'un coup de crosse cérémonieux, et me retrouve face au trio.

Ma satisfaction peut s'épanouir sans retenue, car ces personnages qui, moi vivant, ne seront jamais en quête d'auteur, sont sidérés par ma prestation.

— A la mode française ! leur dis-je. Mais j'en connais d'autres, vous allez voir.

## 27

Après avoir convenablement analysé les moments cruciaux de ma folle existence, j'ai acquis la certitude que la seule façon de sortir d'un mauvais pas c'était de prendre l'initiative sans passer par les demi-mesures. Le côté « Tirez les premiers, messieurs les Anglais » affirme davantage la connerie que le panache. Lorsque t'emplâtres un antagoniste, au lieu de passer par les chevaleresques « coups de semonce », tu fais un grand pas vers la victoire.

Mon provisoire prestige vient de ce que je n'ai pas hésité à plomber l'adversaire et à fêler la coquille de son pote.

A présent, je me tiens à la pointe d'un éventail formé par les trois « plaisanciers », un flingue dans chaque main.

— De grâce, leur dis-je, ne me contraignez pas à l'hécatombe, ce serait stupide.

Ils comprennent parfaitement que je ne joue

pas à chatte perchée. Une gravité tendue pèse sur cet instant exceptionnel.

Je réfléchis à la vitesse de la lumière. Considère, suppute. La couillerie c'est que les deux valeureux sont bouclarès au-dessous de nous. Pour l'heure, grâce à mes pétoires, je contrôle la situation ; par contre, je ne puis envisager aucun déplacement à bord. Somme toute, nous nous tenons par la barbichette !

Le mec sec pige mon incertitude car un léger sourire naît sur ses lèvres minces.

— Dilemme ? murmure-t-il.

Je m'abstiens de fanfaronner, trop concentré sur le coin de mon œil, lequel discerne un imperceptible mouvement de Los Hamouel. Surveiller, sans en donner l'impression, est un exercice subtil. Je sais pertinemment que ce crapuleux individu essaie de s'emparer d'une arme. Elle n'est pas sur lui car il se livre à un astucieux déplacement des talons. Vas-y, mon lapin ! Si tu crois feinter l'Antonio, c'est que t'as rien compris au bonhomme !

La tension devient extrême, à croire que le temps se solidifie. Le grand parcheminé voyant la manœuvre s'efforce de mobiliser mon attention en prodiguant des mimiques et des soupirs.

La môme Elnora aussi a capté le manège, y met de sa personne en croisant très haut les jambes jusqu'à me montrer une lèvre de sa chattoune couleur framboise bien mûre.

Maintenant, j'ai pigé l'intention du ci-devant secrétaire : saisir l'une des deux sagaies croisées au-dessous d'un masque nègre.

Pauvre pomme ! Il a vu ça dans une série télévisée américaine dont le décor unique assume les cent quarante épisodes et où les acteurs sont constamment en gros plan pour éviter les mouvements de caméra et les changements d'éclairages !

— Alors ? me fait le Don Quijote de la Manche (à air), comment sortir de ce cul-de-sac ?

Il jacte fort, contrairement à son habitude, parce que c'est l'instant où Hamouel se saisit de l'arme et la décroche.

Impavide, je décris un bout de pivotement et tire sur sa main tenant la lance africaine.

Trop précipité ! Je rate ma cible. L'autre con se rue sur moi, en émettant une clameur de Comanche. J'essaie de volter, insuffisamment puisque la lame rouillée me cueille au flanc droit ! Tu parles d'un coup de lardoire, Édouard ! Plus à gnagnater : je défouraille. Deux prunes : l'une sous la pommette gauche, l'autre dans le tarbouif.

Mon adversaire reste brièvement debout avant de déposer son bilan sur le parquet.

La fille Stuppen pousse un cri, assez mélodieux dans son genre.

A présent, je braque le yachtman.

— Je continue ou on signe un armistice ? dis-je.

— Qu'entendez-vous par là ? demande l'étrange bonhomme.

— Ma position est précaire, mais je dispose d'une monnaie d'échange qui n'est pas sans valeur.

— Laquelle ?

— Votre peau !

Nous nous défions du regard.

J'ajoute :

— Vous avez la preuve de ma détermination. Voyez-vous, je suis un garçon trop aguerri pour me laisser fabriquer par un forban de votre espèce. La question est d'une netteté absolue : on pactise ou je vous tue. Rien, pas même l'arrivée des quelques marins composant l'équipage de ce yacht, ne peut m'empêcher de vous mettre une balle dans la gueule, à vous aussi !

Il a un haussement d'épaules pour admettre la justesse de l'argument.

— Quelle autre solution serait envisageable ?

Tu parles si je le malaxe, le problo ! S'arracher de cette galère, compte tenu des circonstances, est aussi coton que de s'opérer soi-même de la vésicule biliaire.

— Sans bavures pour peu qu'aucune des deux parties ne cherche à arnaquer l'autre.

— Dites !

— Vous nous débarquez, mes collègues et moi, dans le port le plus proche avec miss Stuppen, et on se quitte à tout jamais.

— Pourquoi en compagnie d'Elnora ?

— Elle servira de garantie et, lorsque nous serons à terre, si vous entreprenez une action à notre encontre, elle la paiera de sa vie...

— A quel moment la relâcheriez-vous ?

— Nous nous rendrons d'abord à Montréal, et une fois au Canada, nous la laisserons filer avant de continuer sur Paris. Simple, non ?

Il regarde la fille qui demeure de marbre.

— Qu'en pensez-vous ? lui demande-t-il.

— C'est à vous de décider, répond-elle.

Le saurien rallume son cigare éteint, puis s'incline sur les trois hommes allongés à ses pieds. Deux sont morts, le troisième râle because sous sa monstre bosse doit se nicher une fracture du crâne de toute beauté.

— Tenez-vous droit ! dis-je sèchement à notre hôte.

Il se redresse, réfléchit et murmure en me défrimant avec une sombre admiration :

— Vous croyez sincèrement que votre plan peut réussir ?

— Je n'ai plus les moyens de ne pas y croire, réponds-je. En tout cas, il y a une chose que je puis vous jurer : s'il échoue, vous mourrez ! Là-dessus, allons délivrer mes amis !

## 28

Sais-tu qu'il est coton de ne pas perdre quelqu'un de vue ? On ne peut réussir ce tour de force qu'à plusieurs et en étant entraînés.

Il a fallu escorter la petite Elnora dans sa cabine pour qu'elle se prépare un baise-en-ville, puis affronter l'équipage en dédramatisant la situasse.

On nous a lâchés dans un petit port de plaisance du nom de Machinchose-Spring, ou assimilé. De gros enrichis et de riches engrossées pompaient leurs gin-fizz avec des chalumeaux poisseux de rouge à lèvres sur la Promenade des Français.

Les gens se retournaient sur notre quatuor, car le mec Jéjé avait la frime plus rouge que noire. Si on lui avait posé les points de suture que nécessitait son état, il aurait ressemblé à la fermeture Éclair d'une housse à skis.

J'avais soigneusement fouillé la môme avant de débarquer, poussant la vigilance jusqu'à lui glisser deux *fingers* dans la moniche. Elle subissa cette délicate inspection sans me brandir la charte des doigts de l'homme (pardon : des *droits* de l'homme).

A présent, bien qu'éclopés (ma main gauche et ma hanche droite me font atrocement souffrir), nous savourons cet air infiniment grisant de la liberté retrouvée. Mais, Seigneur, ce que nous avons eu chaud à l'oigne !

Pour commencer, je vais quérir une tire avec Elnora. La lui fais louer à son nom, soucieux de ne pas distribuer mes traces. On se prend du tout-chouette : une Lincoln long châssis, vitres teintées, télé de bord. Tu ne vois jamais ce genre de voitures dans les films « d'action », biscotte leur tenue de route ne vaut pas celle d'une Ferrari. C'est du carrosse de milliardaire. Là-dedans, tu téléphones à ton agent de change, tu embroques une gerce, tu suis le baveux TV ou tu dégustes des toasts au caviar. En tout cas, ça correspond pile à l'hôpital roulant dont nous avons besoin.

Bref pillage d'une pharmacie pour y acheter des désinfectants et un nécessaire à pansements gros modules. Puis c'est au tour d'une pizzeria d'avoir l'honneur de notre clientèle.

Ces différentes emplettes achevées, nous récupérons Othello et Gargantua sur le banc où ils ont mis à sécher leurs ecchymoses. Mes malheureux troupiers prennent possession du salon mobile et s'allongent sur la peluche des sièges avec un soulagement proche de la volupté.

*Go !*

* *
*

C'est Elnora qui conduit. Moi, je me tiens accagnardé contre la portière, de façon à demeurer face à elle, l'arquebuse en pogne, toute poisseuse de ma sueur.

Bien joli, mais une telle situation peut-elle se prolonger ? Je te prends un exemple : va bien falloir qu'elle se rende aux chiches ? Je me vois mal brandir ma pétoire pendant que ses sphincters font relâche.

Difficile à solutionner.

Tu connais mon ange gardien (lequel est durement à la tâche en ce moment, et très peu à l'honneur) ? Il se manifeste sous l'apparence d'un vaste magasin rutilant de lumières ; sa façade grouille de personnages grandeur nature, évoquant le folklore cow-boy.

Je prie la belle Utérus de se ranger sur le parking attenant. Elle obéit. A ma demande, Alexandre-Benoît s'arrache à son début de dorme pour venir me remplacer.

— Si cette beauté tente quoi que ce soit, n'hésite pas à défourailler ! lui recommandé-je.

L'endroit se nomme *Texas Shop*. C'est un antre

dans lequel tu dégauchis tout ce qui peut avoir trait à l'univers western. Je drague un moment entre les rayons débordants de camelote et ne tarde pas à trouver ce qu'il me faut : une paire de menottes réglementaires. Jamais lésiner sur son confort, je me bute à te le seriner !

De retour à la limousine-appartement, je passe la boucle d'une poucette à la cheville d'Elnora, et l'autre après la pédale du frein. Tout cela sans un mot.

Sa Majesté retourne se vautrer à l'arrière.

Cette fois, nous taillons le ruban pour de bon !

La tombée du jour nous prend à Savannah, en Géorgie.

Je décide une halte dans un motel moyen des faubourgs. Son enseigne verte et rose fait songer à un cornet de glace pistache-framboise.

Un jeune mulâtre aux tifs décolorés, occupé à construire une maquette d'avion de chasse allemand de la guerre de Quatorze, nous loue distraitement deux bungalows contigus.

J'installe mes éclopés dans l'un, réservant l'autre à ma prisonnière et à moi-même.

Il fallait bien que cela arrive : nous sommes en tête à tête dans une petite construction préfabriquée comportant une chambre équipée d'une kitchenette et d'une salle de douche avec gogues. L'endroit pue le rance et le Bulgomme moisi.

Quelques bestioles du genre cloportes vident les lieux précipitamment. L'éclairage est chiche. Pour unique décoration : le poster d'une Hollandaise en costume, l'air aussi con que le moulin à vent de l'arrière-plan. Deux chaises d'osier, une table en bois blanc, un lit constituent le mobilier de l'apparte.

La môme qui s'assoit en soupirant, semble lasse, avec ses yeux cernés et ses traits accusés.

En cours de trajet, nous nous sommes arrêtés une seule fois pour faire le plein du réservoir et le vide de nos vessies. La double opération s'est déroulée sans encombre.

— On boit une bière ? questionné-je.

— Vous n'avez rien de plus fort ?

— Du bourbon ?

— Je préfère.

Ayant fait l'acquisition de quelques flasques, j'en décapsule une, la lui présente. Elle y pratique une ponction pour gardes-côtes dans la bourrasque. Ces filles ricaines ont la dalle en pente raide, je te le garantis.

— Vous étiez très attachée à mister Hamouel ? je risque.

— C'était un amant merveilleux, répond-elle.

Exactement le genre de confidence susceptible de piquer au vif le garçon qui s'en coltine une chouette dans la poche ventrale du slip. Rien de plus agaçant que d'entendre une femme chanter

les prouesses amoureuses d'un autre mec. Je
considère cela comme une insulte perso.

— Vous êtes belle, vous n'aurez pas de mal à en
tomber un autre !

Elle me file une œillade flétrisseuse, dirait un
fleuriste. Ma riposte ne lui semble pas de bon
goût. Au reste, elle ne l'est pas.

Pour mettre en fuite l'instant désagréable que
nous traversons, je fais appel au bourbon (merci
Henri IV) qu'elle paraît fortement apprécier.

Ce dont j'escompte se produit, assurerait
l'homme qui se trimbale deux sacs tyroliens en
guise de testicules : la Miss est beurrée en moins
de temps qu'il n'en faut à un Chinois pour attra-
per la jaunisse.

L'alcool modifie les comportements, les sentiments et les attitudes plus sûrement que ne le font
dix ans de vie monacale. La haine d'Elnora s'atténue à mon endroit, puis se mue en convivialité.

A raison d'une rasade toutes les cinq minutes,
elle finit par se laisser voguer sur des vapeurs
dues à la distillation du maïs. Je l'amène progres-
sivement au relâchement et de là aux confidences.

Ma parfaite connaissance de la femme m'est
d'une grande aide. Je sais jouer des silences, des
débuts de questions auxquelles je semble brusquement ne pas vouloir donner suite, comme pris
de timidité. L'élocution de la chérie devient de
moins en moins assurée.

J'ai rapproché mon siège du sien ; ma main de velours s'est insinuée sous les plis de sa jupe et caresse son genou bien rond. L'instant devient capiteux.

Il existe dans ce bungalow une sorte de petite cheminée bidon au foyer de fausses braises. T'introduis un *nickel* dans la fente d'une bûche et – ô miracle ! – ça se met à grésiller en fournissant une lumière d'âtre en cours d'assoupissement. Pour créer le climat, j'ai éteint la méchante lampe à abat-jour de raphia.

Moment délicieux, prometteur de félicités.

Ma dextre abandonne la rotule pour emprunter la voie express de ses cuisses desserrées. Fin duvet sous la peau ultrasensible de mes doigts.

Elnora respire plus rapidement ; mais ce que je veux obtenir, c'est du parfait halètement de femelle en partance.

On atteint doucement la rive des vagissements incontrôlés. Langage préhistorique du fion qui se caramélise ! Éternel retour au culte du cul et à sa digue.

Voici enfin sa chevelure antarctique gagnée par l'inondation du plaisir, comme l'écrit si joliment ma chère Françoise Xénakis dans son livre intitulé : « Mouillance ». Les râles incontrôlés deviennent onomatopées sélectives.

Songeant que la sexualité de ma compagne a commencé entre les jambons de Pamela Grey, je

l'entreprends (l'habitude m'y incite) par une tyro-
lienne pharyngée de grand style.

Cette fois, elle déferle !

Tu te rappelles, Adèle, le rugissement de
l'hyène tachetée ?

Eh bien, ça ! A s'y méprendre.

Je te fous mon bifton, qu'à cette heure, la dis-
parition de Los Hamouel ne l'interpelle pas
davantage que les crises de goutte de Louis
XVIII. Le meilleur amant du monde, elle disait,
parlant de son copain Los ? Te vais lui faire révi-
ser cette appréciation, moi. Bouge pas, Minette !
Lui brouter la toundra kif une vache un pré ! Le
menton bas, enfoncé dans ses plis d'aisance. Les
dents certes rentrées, mais néanmoins râteleuses.
La menteuse étalée telle un jabot de vicaire, cou-
vrant une large surface de frifri incandescent.

Elle peut plus, la Ricaine ! Ébroue du fion, n'au
point que je suis obligé de maintenir ses cannes en
position pour perpétrer mon œuvre libératrice.
Elle s'explose une première fois, au débotté, prise
de court par la jouissance, puis enchaîne sec sur
une nouvelle phase de déliquescence impétueuse.
Et moi, souverain, la denture dépilatoire, arc-
boute de la langue. Une féerie !

Je triomphe bien au-delà de mes espoirs. La
voilà-t-il pas qui me tire par les oreilles pour
mieux m'incruster dans ses parties molles ! Alors
là, il est oublié complet le divin secrétaire. Banni

à jamais de ses souvenirs. On assiste à une reconversion inouïe! Clovis, embrassant le catholicisme à pleine bouche! Malaparte abjurant le fascisme! Elle vocifère qu'elle m'aime, m'adore, m'idolâtre. Que je suis l'homme et la queue de sa vie! Qu'au grand jamais elle n'avait ressenti pareilles sensations éperdues. Qu'elle est ma chose! Ma chatte mouillée! Que tiens, arrête-toi un instant, elle va sans plus attendre m'affûter la lance, me déguster Monsieur Séraphin d'un seul happement!

On change de posture. Elle s'agenouille entre mes jambes musclées. Dedieu, cette voracité! Tu sais qu'elle m'engloutit la membrane d'une seule goulée? Tu te rends compte? Vingt-cinq centimètres de chibre ingurgités? Je lui ai dépassé la luette. Plonge vers l'œsophage...

Je me retiens de toutes mes forces de déflaquer; conserver des munitions pour plus tard. La nuit sera longue.

C'est alors qu'on toque à la porte. La gosse interrompt son va-et-vient *in door*. Ses lèvres vernissées me semblent immenses.

— Vous avez entendu? chuchote-t-elle.

Je ramasse mon flingue et gagne la lourde. Le feu de cheminée bidon nous en a donné pour notre argent et a cessé de prodiguer son illusion de chaleur.

— Qu'est-ce que c'est? fais-je, tout près de l'huis, mais en restant hors du cadre de porte.

Deux brèves syllabes me répondent :

— Béru !

Rarissime qu'il s'exprime à voix basse, le Mastoc. Je déponne et découvre Double-panse dans la lumière faiblarde du motel, vêtu brièvement de ses godasses et d'un maillot de corps à travers les trous duquel jaillit sa toison pectorale.

— Que se passe-t-il ?

— Viens *looker* [1], mec !

Il me fait contourner le bungalow jusqu'à son unique fenêtre. Un petit gringale affublé d'un appareil semblable aux lunettes à verres interchangeables dont les opticiens t'équipent pour mesurer ta malvoyance, gît sur le gazon.

Je le connais, ce martien : c'est Mister « Toutp'tit », le freluque qui drivait notre tire avant que la Chevrolet lance-roquettes nous explose.

La vie est un éternel retour, tu vois !

---

1. Le verbe reluquer est très probablement une altération du mot *look* (Grégoire de Tours)

## 29

Je te parie un fauconnier contre une vraie connasse que nous ne sommes pas au bout de nos peines, avec la bande du grand habillé de maigre. Je me doutais qu'il n'allait pas conclure nos relations par un non-lieu.

– Qu'est-il arrivé ? demandé-je à Mister Bitalair.

– Tout ça à cause des saucisses qui sont pas franches du collier, Grand. Quand est-ce on les eusse bouffées, l'Négro *and me*, la monstre chiasse nous a emparés, moi qu'étais constipé naguère ! Jérémie s'est enfermé dans les chiches et ma Pomme a dû s'rabatt' su' l'estérieur. J'm'essorais la boyasse derrière un' haie quand j'ai vu radiner c'pingouin. L'ai r'connu tout d'suite immédiat'ment. L'a pris position à ta fenêt' et s'est mis à r'tapisser l'intérerieur.

« Alors moive, ni une ni deux, j'ramasse un caillou et l'y balance dans la tronche. Faut qu'j'vais t'dire : à Saint-Locdu, j'étais champion au lancer d'gadins. Un piaf à vingt mètres j'atteindais. Ce zigoto a encaissé ma pierre en pleine tronche et n'a pas dit ouf. »

Nous voici devant Croquignolo. Le projectile expédié par le Malabar repose contre lui : chouette morceau de parpaing pesant au moins deux livres. Quand on connaît la force de mon écuyer favori, on comprend que l'impact ait fait du dommage.

M'emparant du calibre gonflant son blouson, je pars à la recherche de ses éventuels complices.

Décemment armé, courbé en deux, j'évolue dans les zones les plus sombres en direction du parking.

Fectivement, une tire se trouve à proximité de l'entrée. Malgré ses phares éteints, on la repère dans la nuit par un point lumineux qui clignote au-dessus du miroir réflecteur.

Je me rends rapidement compte qu'un gazier occupe la place passager. Il a baissé sa vitre et passé le coude à l'extérieur. De toute évidence, il attend le retour de son pote.

Ces fumiers retors finissent par me flanquer la nausée, je voudrais pouvoir les exterminer au moyen d'un insecticide puissant.

Décrivant une courbe qui me positionne à l'arrière de la guinde, je repte vers l'avant droit. La nuit est douce, le ciel étoilé ; le grondement de la circulation proche couvre le grésillement électrique des cigales.

Parvenu à hauteur de la portière contre laquelle se tient le vilain, je biche la poignée et déponne brusquement. L'occupant, pris à la fois à l'improviste et au dépourvu, bascule sur le sol où l'attend l'ami Sana. Coup de crosse impérial en pleine gueule. J'entends se disloquer sa margoule. Loin de vérifier les dégâts, je le rebelote sauvagement.

Faut dire que j'en ai un plein conteneur à son service. Ma rage est éperdue, mon ressentiment sans limites. Je te l'emplâtre derechef ! Et encore ! Et tiens ! Et pif ! Tout ça à la crosse de Colt.

Au début il a grogné.

Ensuite, geint !

Maintenant, c'est le silence des grandes étendues désertiques, chez le mec. Mon bras douloureux de ce tabassage retombe. Je m'assois auprès de ma victime, haletant, la tête bourrée de lueurs incarnates.

Combien de temps passé-je là à me récupérer ? Impossible de le préciser.

A la fin, je m'agenouille et pose ma paluche valide sur son poitrail. Ça cogne ! Pas suivant les normes édictées par les cardiologues, mais il se passe ce petit quelque chose qui s'appelle la vie.

Une fois en position verticale, je m'assieds dans la caisse. Ce qui m'intrigue, c'est la putain de loupiote jaune palpitant dans le schwartz. Elle est spasmodique comme un signal.

Cela me rappelle l'émetteur de la Chrysler. Décidément, ces gais lurons raffolent de l'électronique.

Presto, je rallie ma case d'où s'échappent des plaintes. Le Gros serait-il en train de faire un mauvais parti à la môme Elnora ?

Non ! Il l'enfile, tout simplement, du temps qu'elle avait la chatte béante. La gonzesse à maille à partir avec son guizeau monumental. Les lents coups de boutoir de Sa Majesté lui démantèlent le pot scientifiquement.

Je n'aime pas jouer les trouble-fesses, aussi je me livre à une besogne passionnante consistant à explorer avec minutie les harnais et le bagage de la petite dévergondée. M'y reprends à deux, puis à trois fois, convaincu de l'infaillibilité de mon instinct.

La femme au gros moignon pousse des gémissements comme la Grande Armée traversant la Berezina. Le Maître Étalon l'adjure de persévérer, l'assurant qu'une apothéose sensorielle digne d'une impératrice l'attend, tout de suite après le percement du Saint-Bernard. Ce sera si tant tellement fabuleux qu'elle aura même plus besoin de pommade cicatrisable.

Pendant ces doux propos, je continue mes recherches avec obstination. La « chose » se trouve dans un talon de sa chaussure. Cela possède la forme et la dimension d'une boîte de cachous.

Un émetteur psalmodieur à interactivité sulpi-
cienne ! Et moi, connard vertébré, je me gaffais de
rien ! La gonzesse avait sur elle le moyen infail-
lible d'être suivie à la trace.

Muni de l'appareil, je retourne au parkinge.
Avisant un gros camion immatriculé au Mexique,
je plaque l'engin à l'intérieur d'un de ses puis-
sants pare-chocs. « Les autres » pourront le courser à travers les *States* : les voyages forment la
jeunesse.

Mon esquinté est toujours naze auprès de sa
portière. Son pote itou, devant notre fenêtre.

Une grande fatigue, jointe à mes blessures,
commence à me terrasser. Sais-tu que mes cannes
trembillent, m'obligeant à m'adosser au mur de la
construction ?

C'est l'instant où Elnora chope enfin ce pied
tant promis par son partenaire, à grandes gueulées
triomphales.

— Mouiiii ! hurle de son côté le Gros ! Vas-y
toute, salope ! J't'rejointe. Houvahou ! qu'c'est
*good* ! L'bon Dieu peuve êt' content d'nous !

## 30

La suite ?

J'ai remis nos deux victimes dans leur chignole, aidé du Négus qui se mieux portait. Il a même pu piloter leur caisse jusqu'à un bosquet de palétuviers roses, à une dizaine de kilbus. Je l'ai suivi au volant de notre immense Lincoln pour pouvoir le rapatrier après l'abandon des deux truands.

Au motel, tout dormait, y compris les amants de St-Jean, gavés de jouissance. Elnora tenait la grosse poutoune du Saint-Locducien contre sa joue. On eût dit une jeune accouchée pressant le fruit de ses entrailles en un geste d'infinie possession. C'était beau comme une Pietà du Titien. Au point que les larmes m'en vinrent aux cils inférieurs.

Nous les laissâmes roupiller quelques heures. Le membre surmené de Bérurier ressemblait à une aubergine primée dans un comice, et la cra-

quette de miss Stuppen au cou d'un dindon faisant la roue, tant il est vrai que les instruments de
l'amour le plus céleste s'apparentent à la basse
triperie.

* *
*

Et nous avons repris la route, nous relayant de
manière à opérer un minimum d'arrêts. Nous
bouffions et dormions dans le carrosse. Béru et sa
conquête y forniquaient sauvagement malgré
leurs sexes endolorés par l'excès. Un véritable
rallye !

Puis ça a été le cher Canada, plus français que
la France désormais. Terre promise pour nous
autres, gens en semi-cavale.

Là-bas, il s'est passé l'impensable (d'Olonne) :
la môme Elnora a refusé catégoriquement de nous
quitter, déclarant qu'elle allait consacrer son existence à Béru et à sa rapière spadassine. Certaines
donzelles sont brusquement touchées par la foi,
Elnora c'était par le chibre du Gravos. Elle enten-
dait le monter à cru des années durant, s'en gaver
jusqu'à ce que sa foufoune, naguère lesbienne,
devienne le hangar de la fusée Ariane (à Naxos) [1].

Dans un sens, sa démarche était admirable. Ça
rejoignait les grandes mystiques : Sœur Thérèse,
Sainte Blandine et consort-consœurs.

—————

1. Calembour à l'usage des amateurs d'Opéra.

Naturellement, je lui ai tiré les vers du *nose* un max. Las, elle en savait moins que je l'espérais. Même le véritable blase du grand vieux fumeur de Coronas, elle l'ignorait. Dans son entourage on l'appelait mister Blood. Il tenait entre ses doigts jaunis par la nicotine le monde de la pègre. Cela étant, personne ne connaissait ses magouilles, ni sa vie privée.

En cheville avec le père David depuis des années, il avait décidé, un beau matin, de l'éliminer propre en ordre afin de mettre les griffes sur ses affaires. Il s'était d'abord annexé Hamouel aux dents longues, puis avait préparé la chute de l'Empire Grey, effaçant tour à tour la fille et le marchand de blé.

Concernant la mère Dolores, miss Stuppen n'avait aucune idée de ce que Blood comptait en faire ; l'accident avait sûrement devancé ses projets.

Elle était au courant de l'assassinat de Pamela, mais n'avait jamais entendu parler de ses exécuteurs ; pas plus que du mystérieux boîtier d'or d'où s'échappaient parfois des voix étranges venues d'ailleurs.

Par contre, elle était convaincue que Sancha Panço, le régisseur, avait été praliné par Hamouel. Pour quelle raison ? Probablement qu'il savait des choses requérant son mutisme définitif ?

*
* *

Je préfère te dire, lecteur exquis, chéri de son petit auteur, que les zones obscures seront éclairées au néon dans la continuation de cette œuvre puissante qui s'intitulera : *Lâche-le, il tiendra tout seul !*

Je n'ai pas pour habitude de te jouer « la suite au prochain numéro », si je m'y résous, c'est parce que ce livre a trop de ramifications pour être traité en un seul volume. Dans l'affreuse hypothèse où tu raterais le suivant, il manquerait quelque chose d'essentiel à ta vie ; aussi t'engagé-je à le retenir d'ores et déjà chez ton tripier habituel. Avec ces deux bouquins dans tes gogues, tu es assuré de braver les pires tribulations intestinales.

Tout au fond de moi, voire également en surface, j'éprouve une grande curiosité pour la personnalité de « mister Blood ». Je devine que nos routes se croiseront de nouveau. Je ne sais ni où ni quand, mais ça fera des étincelles bleues, kif mon riboustin lorsqu'il crache épais !

Tu verras !

# FIN DE SECTION

J'adore débarquer sans m'annoncer. Surprendre le quotidien en cours d'élaboration.

Lorsque je déboule à Saint-Cloud, il est dix-neuf plombes et des. La maison sent le gratin d'aubergines à la tomate.

Je pousse la lourde, façon souris d'hôtel.

Qu'aspers-je ?

Antoinette couchée sur le tapis du vestibule, entre les pattes de Salami. La fillette dort, le basset n'est pas loin de l'imiter.

En m'apercevant, son fouet frappe le sol. Mais tu crois qu'il se lève pour m'accueillir ? Fume ! Il a bien trop peur de déranger « ma » fillette !

A considérer le tableau, je pige combien ils sont heureux ensemble.

La scène m'emplit d'émotion. Miel, fleurs et musique douce !

Le Paradis, quoi !

Chipotons pas sur les mots. Ils ont été créés

pour qu'on les utilise, comme nos sexes et notre pognon !

Me mets à genoux, m'assieds sur les talons, et regarde, regarde à en dégueuler mes yeux.

Sans me douter qu'en cet instant magique, une armada de « techniciens » vient d'être programmée pour m'anéantir...

Mais ceci sera une autre histoire.

# San-Antonio :
# mode d'emploi

Un guide de lecture inédit élaboré
par Raymond Milési

# REMONTEZ LE FLEUVE AVEC LE COMMISSAIRE SAN-ANTONIO

La première aventure du commissaire San-Antonio est parue en 1949. Peu à peu, ce personnage au punch et à la sincérité extraordinaires, a pris dans le cœur des lecteurs de tous âges une place si importante qu'on peut parler à son sujet de véritable *phénomène*. Qu'il s'agisse de son exceptionnel succès dans l'édition ou de l'enthousiasme qu'il provoque, on est en droit de le situer – et de loin – au premier rang des « héros littéraires » de notre pays.

## 1. Bibliographie des aventures de San-Antonio

### A) La série

Aujourd'hui, la série est disponible dans une collection appelée « *San-Antonio* », **avec une numérotation qui ne tient pas compte – pour une bonne partie – de l'ordre originel des parutions.** C'est également cette numérotation qui est proposée, depuis 1997, dans la liste présente au début de tous les San-Antonio. La bibliographie ci-dessous est rétablie dans son ordre *chronologique,* respectant les dates de parutions.

Toutefois, le numéro **actuel** figure en bonne place après chaque titre. On le trouvera entre parenthèses et en caractères gras, précédé de la mention **S-A**.

• • • • • • •

Le tout premier « San-Antonio », **RÉGLEZ-LUI SON COMPTE**, est paru en 1949, aux éditions Jacquier (Lyon). Le Fleuve Noir a repris cet ouvrage en 1981, dans la collection « *San-Antonio* », **(S-A 107)**. On le retrouvera, à son rang, dans la bibliographie.

● **1950-1972 : la collection « Spécial-Police »**

Après l'année de sortie et le **TITRE**, sont mentionnés la collection d'origine (Spécial-Police, avec le numéro jadis attribué au livre dans cette collection), puis le numéro actuel **(S-A)**. O.C. signale que le titre a été réédité dans les Œuvres complètes – volumes reliés comportant chacun 4 ou 5 romans – le numéro du tome étant précisé en chiffres romains.

1950   **LAISSEZ TOMBER LA FILLE**
       Spécial-Police 11 – **(S-A 43)** – O.C. III

1951   **LES SOURIS ONT LA PEAU TENDRE**
       Spécial-Police 19 – **(S-A 44)** – O.C. II

1952   **MES HOMMAGES À LA DONZELLE**
       Spécial-Police 30 – **(S-A 45)** – O.C. X

1953   **DU PLOMB DANS LES TRIPES**
       Spécial-Police 35 – **(S-A 47)** – O.C. XII

1953   **DES DRAGÉES SANS BAPTÊME**
       Spécial-Police 38 – **(S-A 48)** – O.C. IV

1953   **DES CLIENTES POUR LA MORGUE**
       Spécial-Police 40 – **(S-A 49)** – O.C. VI

1953   **DESCENDEZ-LE À LA PROCHAINE**
       Spécial-Police 43 – **(S-A 50)** – O.C. VII

1968  **UN ÉLÉPHANT, ÇA TROMPE**
Spécial-Police 697 – **(S-A 38)** – O.C. XIV

1969  **FAUT-IL VOUS L'ENVELOPPER?**
Spécial-Police 709 – **(S-A 39)** – O.C. XIV

1969  **EN AVANT LA MOUJIK**
Spécial-Police 766 – **(S-A 89)** – O.C. XIV

1970  **MA LANGUE AU CHAH**
Spécial-Police 780 – **(S-A 90)** – O.C. XV

1970  **ÇA MANGE PAS DE PAIN**
Spécial-Police 829 – **(S-A 92)** – O.C. XV

1971  **N'EN JETEZ PLUS!**
Spécial-Police 864 – **(S-A 93)** – O.C. XV

1971  **MOI, VOUS ME CONNAISSEZ?**
Spécial-Police 893 – **(S-A 94)** – O.C. XV

1972  **EMBALLAGE CADEAU**
Spécial-Police 936 – **(S-A 96)** – O.C. XVI

1972  **APPELEZ-MOI CHÉRIE**
Spécial-Police 965 – **(S-A 97)** – O.C. XVI

1972  **T'ES BEAU, TU SAIS!**
Spécial-Police 980 – **(S-A 99)** – O.C. XVI
(dernier roman paru dans la collection Spécial-Police)

### • 1973-1979 : la collection « San-Antonio », numérotation anachronique.

En 1973 débute la collection « *San-Antonio* ». Désormais, tous les romans y paraîtront. De 1973 à 1979, les 78 titres précédents sont republiés sous leur nouvelle numérotation, entrecoupés des 21 inédits suivants. Les numéros affichés – *et qui figurent aujourd'hui sur les livres* – se poursuivent donc de manière anachronique. On les trouve toujours ci-dessous précédés de **S-A**.

1978  **VOL AU-DESSUS D'UN LIT DE COCU**
      **(S-A 82)** – O.C. XX

1978  **SI MA TANTE EN AVAIT**
      **(S-A 85)** – O.C. XXI

1978  **FAIS-MOI DES CHOSES**
      **(S-A 91)** – O.C. XXI

1978  **VIENS AVEC TON CIERGE**
      **(S-A 95)** – O.C. XXI

1979  **MON CULTE SUR LA COMMODE**
      **(S-A 98)** – O.C. XXI

• **1979-1999 : la collection « *San-Antonio* », numérotation chronologique.**

Toutes les rééditions sont à présent numérotées de **1** à **99** dans la collection « San-Antonio ». À partir du 100ᵉ roman ci-dessous, la numérotation affichée sur les ouvrages – *disponibles aujourd'hui* – coïncide avec l'ordre chronologique.

1979  **TIRE-M'EN DEUX, C'EST POUR OFFRIR**
      **(S-A 100)** – O.C. XXII

1980  **À PRENDRE OU À LÉCHER**
      **(S-A 101)** – O.C. XXII

1980  **BAISE-BALL À LA BAULE**
      **(S-A 102)** – O.C. XXII

1980  **MEURS PAS, ON A DU MONDE**
      **(S-A 103)** – O.C. XXII

1980  **TARTE À LA CRÈME STORY**
      **(S-A 104)** – O.C. XXIII

1981  **ON LIQUIDE ET ON S'EN VA**
      **(S-A 105)** – O.C. XXIII

1981  **CHAMPAGNE POUR TOUT LE MONDE!**
      **(S-A 106)** – O.C. XXIII

1997   **GRIMPE-LA EN DANSEUSE**
       **(S-A 169)**

1997   **NE SOLDEZ PAS GRAND-MÈRE, ELLE BROSSE ENCORE**
       **(S-A 170)**

1998   **DU SABLE DANS LA VASELINE**
       **(S-A 171)**

1999   **CECI EST BIEN UNE PIPE**
       **(S-A 172)**

## B) Les Hors-Collection

Huit romans, de format plus imposant que ceux de la « série », sont parus de 1964 à 1976. Tous les originaux aux éditions **FLEUVE NOIR**, forts volumes cartonnés jusqu'en 1971, puis brochés.

Ces ouvrages sont de véritables feux d'artifice allumés par la verve de leur auteur. L'humour atteint ici son paroxysme. Bérurier y tient une place « énorme », au point d'en être parfois la vedette !

Remarque importante : outre ces huit volumes, de nombreux autres « Hors-Collection » – originaux ou rééditions de *Frédéric Dard* – signés **San-Antonio** ont été publiés depuis 1979. Ces livres remarquables, souvent bouleversants *(Faut-il tuer les petits garçons qui ont les mains sur les hanches ?, La vieille qui marchait dans la mer, Le dragon de Cracovie...)* ne concernent pas notre policier de choc et de charme. Sont mentionnés dans les « Hors-Collection » ci-dessous uniquement les romans dans lesquels figure le **Commissaire San-Antonio** !

**L'HISTOIRE DE FRANCE VUE PAR SAN-ANTONIO**, 1964 – réédité en 1997 sous le titre **HISTOIRE DE FRANCE**
**LE STANDINGE**, 1965
**BÉRU ET CES DAMES**, 1967
**LES VACANCES DE BÉRURIER**, 1969
**BÉRU-BÉRU**, 1970

**LA SEXUALITÉ**, 1971
**LES CON**, 1973
**SI QUEUE-D'ÂNE M'ÉTAIT CONTÉ**, 1976 (aventure entièrement vécue et racontée par Bérurier) – réédité en 1998 sous le titre **QUEUE-D'ÂNE**

## 2. Guide thématique de la série « San-Antonio ».

Les aventures de San-Antonio sont d'une telle richesse que toute tentative pour les classifier ne prêterait – au mieux – qu'à sourire si l'on devait s'en tenir là. Une mise en schéma d'une telle œuvre n'a d'intérêt que comme jalon, à dépasser d'urgence pour aller voir « sur place ». Comment rendre compte d'une explosion permanente ? Ce petit guide thématique n'est donc qu'une « approche » partielle, réductrice, observation d'une constellation par le tout petit bout de la lorgnette. San-Antonio, on ne peut le connaître qu'en le lisant, tout entier, en allant se regarder soi-même dans le miroir qu'il nous tend, le cœur et les yeux grands ouverts.

Dans les 171 romans numérotés parus jusqu'à fin 1998 au Fleuve Noir, on peut dénombrer, en simplifiant à l'extrême, 10 types de récits différents. Bien entendu, les sujets annexes abondent ! C'est pourquoi seul a été relevé ce qu'on peut estimer comme le thème « principal » de chaque livre.

Le procédé vaut ce qu'il vaut, n'oublions pas que « simplifier c'est fausser ». Mais il permet – en gros, en très gros ! – de savoir de quoi parlent les *San-Antonio,* sur le plan « polar ». J'insiste : gardons à l'esprit que là n'est pas le plus important. *Le plus important, c'est ce qui se passe entre le lecteur et l'auteur, et qu'on ne pourra jamais classer dans telle ou telle catégorie.*

---

### Mode d'emploi

Comme il serait beaucoup trop long de reprendre tous les titres, seuls leurs *numéros* sont indiqués sous chaque rubrique. Ce sont les numéros de l'*actuelle* collection « San-Antonio », c'est pourquoi ils sont tous précédés de S-A.

Néanmoins, ils sont chaque fois rangés dans l'ordre chronologique des parutions : du plus ancien roman au plus récent (comme dans la Bibliographie).

Rappel : pour retrouver un titre à partir de ces numéros, il suffit de consulter la liste qui vous est proposée au début de chaque San-Antonio depuis 1997.

---

## A. Aventures de Guerre, ou faisant suite à la Guerre.

Pendant le conflit 39-45, San-Antonio est l'as des *Services Secrets*. Résistance, sabotages, chasse aux espions avec actions d'éclat. On plonge ici dans la « guerre secrète ».

→ S-A **107** (reprise du tout premier roman de 1949) • S-A **43** • S-A **44** • S-A **47**

Dans les années d'après-guerre, le commissaire poursuit un temps son activité au parfum de contre-espionnage (espions à identifier, anciens « collabos », règlements de comptes, criminels de guerre, trésors de guerre). Ce thème connaît certains prolongements, bien des années plus tard.

→ S-A **45** • S-A **50** • S-A **63** • S-A **68** • S-A **78**

## B. Lutte acharnée contre anciens (ou néo-) nazis.

La Guerre n'est plus du tout le « motif » de ces aventures, même si l'enquête oppose en général San-Antonio à d'anciens nazis, avec un fréquent *mystère à élucider*. C'est pourquoi il était plus clair d'ouvrir une nouvelle rubrique. Les ennemis ont changé d'identité et refont surface, animés de noires intentions ; à moins qu'il s'agisse de néo-nazis, tout aussi malfaisants.

→ S-A **54** • S-A **58** • S-A **59** • S-A **38** • S-A **92** • S-A **93** • S-A **42** • S-A **123** • S-A **151**

## C. San-Antonio opposé à de dangereux trafiquants.

Le plus souvent en mission à l'étranger, San-Antonio risque sa vie pour venir à bout d'individus ou réseaux qui s'enrichissent dans le trafic de la drogue, des armes, des diamants... Les aventures démarrent pour une autre raison puis le trafic est découvert et San-Antonio se lance dans la bagarre.

→ S-A **3** • S-A **65** • S-A **67** • S-A **18** • S-A **14** • S-A **110** • S-A **159**

## D. San-Antonio contre des sociétés secrètes : un homme traqué !

De puissantes organisations ne reculent devant rien pour conquérir pouvoir et richesse : *Mafia* (affrontée par ailleurs de manière « secondaire ») ou *sociétés secrètes* asiatiques. Elles feront de notre héros un homme traqué, seul contre tous. Il ne s'en sortira qu'en déployant des trésors d'ingéniosité et de courage.

→ S-A **51** • S-A **138** • S-A **144** • S-A **160** • S-A **170** • S-A **171**

Certains réseaux internationaux visent moins le profit que le chaos universel. San-Antonio doit alors défier lors d'aventures échevelées des groupes *terroristes* qui cherchent à dominer le monde. Frissons garantis !

→ S-A **34** • S-A **85** • S-A **103** • S-A **108**

## E. Aventures *personnelles* : épreuves physiques et morales.

Meurtri dans sa chair et ses sentiments, San-Antonio doit *s'arracher à des pièges mortels*. Sa « personne » – quelquefois sa famille, ses amis – est ici directement visée par des individus pervers et obstinés. Jeté aux enfers, il remonte la pente et nous partageons ses tourments. C'est sans doute la raison pour laquelle plusieurs de ces romans prennent rang de *chefs-d'œuvre*. Bien souvent, le lecteur en sort laminé par les émotions éprouvées, ayant tout vécu de l'intérieur !

→ S-A **61** • S-A **70** • S-A **86** • S-A **27** • S-A **97** • S-A **36**

• S-A **111** • S-A **122** • S-A **131** • S-A **132** • S-A **139**
• S-A **140**

**F. À la poursuite de voleurs ou de meurtriers (thème le plus copieux).**

Pour autant, on peut rarement parler de polars « classiques ». Ce sont clairement des *enquêtes,* mais à la manière de San-Antonio !

• **Enquêtes « centrées » sur le vol ou l'escroquerie.**

Les meurtres n'y manquent pas, mais l'affaire tourne toujours autour d'un vol (parfois chantage, ou fausse monnaie...). Peu à peu, l'étau se resserre autour des malfaiteurs, que San-Antonio, aux méthodes « risquées », finit par ramener dans ses filets grâce à son cerveau, ses poings et ses adjoints.

→  S-A **2** • S-A **62** • S-A **73** • S-A **80** • S-A **10** • S-A **25**
• S-A **90** • S-A **113** • S-A **149**

• **Enquêtes « centrées » sur le meurtre.**

A l'inverse, ces aventures ont le meurtre pour fil conducteur. San-Antonio doit démêler l'écheveau et mettre la main sur le coupable, en échappant bien des fois à la mort. Vol et chantage sont d'actualité, mais au second plan.

→  S-A **55** • S-A **8** • S-A **76** • S-A **9** • S-A **5** • S-A **81**
• S-A **83** • S-A **84** 3 S-A **41** • S-A **22** • S-A **23** • S-A **28**
• S-A **35** • S-A **94** • S-A **17** • S-A **26** • S-A **60** • S-A **100**
• S-A **116** • S-A **127** • S-A **128** • S-A **129** • S-A **133**
• S-A **135** • S-A **137** • S-A **143** • S-A **145** • S-A **152**
• S-A **161** • S-A **163**

• (Variante) **Vols ou meurtres** *dans le cadre d'une même famille*.

→  S-A **4** • S-A **7** • S-A **74** • S-A **46** • S-A **91** • S-A **114**
• S-A **141** • S-A **148** • S-A **154** • S-A **165**

**G. Affaires d'enlèvements.**

Double but à cette *poursuite impitoyable* : retrouver les ravisseurs et préserver les victimes !

→ S-A 56 (porté à l'écran sous le titre « Sale temps pour les mouches ») • S-A 16 • S-A 13 • S-A 19 • S-A 39 • S-A 52 • S-A 118 • S-A 125 • S-A 126 • S-A 136 • S-A 158

## H. Attentats ou complots contre hauts personnages.

Chaque récit tourne autour d'un attentat – visant souvent la sécurité d'un état – que San-Antonio doit à tout prix empêcher, à moins qu'il n'ait pour mission de... l'organiser au service de la France !

→ • S-A 48 • S-A 77 • S-A 11 • S-A 21 • S-A 88 • S-A 96 - • S-A 33 • S-A 95 • S-A 98 • S-A 102 • S-A 106 • S-A 109 • S-A 120 • S-A 124 • S-A 130

## I. Une aiguille dans une botte de foin !

A partir d'indices minuscules, San-Antonio doit *mettre la main sur un individu, une invention, un document* d'un intérêt capital. Chien de chasse infatigable, héroïque, il ira parfois au bout du monde pour dénicher sa proie.

→ S-A 49 • S-A 53 • S-A 57 • S-A 66 • S-A 71 • S-A 72 • S-A 40 • S-A 15 • S-A 12 • S-A 87 • S-A 24 • S-A 29 • S-A 31 • S-A 37 • S-A 89 • S-A 20 • S-A 30 • S-A 69 • S-A 75 • S-A 79 • S-A 82 • S-A 101 • S-A 104 • S-A 105 • S-A 112 • S-A 115 • S-A 117 • S-A 119 • S-A 121 • S-A 134 • S-A 142 • S-A 146 • S-A 147 • S-A 150 • S-A 153 • S-A 156 • S-A 157 • S-A 164 • S-A 166 • S-A 167

## J. Aventures aux thèmes entremêlés.

Quelques récits n'ont pris place – en priorité du moins – dans aucune des rubriques précédentes. Pour ceux-là, le choix aurait été artificiel car aucun des motifs ne se détache du lot : ils s'ajoutent ou s'insèrent l'un dans l'autre. La caractéristique est donc ici *l'accumulation des thèmes*.

→ S-A 32 • S-A 99 • S-A 1 • S-A 6 • S-A 64 • S-A 155 • S-A 162 • S-A 168 • S-A 169

## SANS OUBLIER...

Voilà répartis en thèmes simplistes *tous* les ouvrages de la série. Mais bien entendu, les préférences de chacun sont multiples. Plus d'un lecteur choisira de s'embarquer dans un San-Antonio pour des raisons fort éloignées de la thématique du polar. Encore heureux ! On dépassera alors le point de vue du spécialiste, pour ranger de nombreux titres sous des bannières différentes. Avec un regard de plus en plus coloré par l'affection.

---

### Note

Contrairement à ce qui précède, certains numéros vont apparaître ici à plusieurs reprises. C'est normal : on peut tout à la fois éclater de rire, pleurer, s'émerveiller, frissonner, s'émouvoir... dans un même San-Antonio !

---

• *Incursions soudaines dans le fantastique.*

Au cours de certaines affaires, on bascule tout à coup dans une ambiance mystérieuse, avec irruption du « fantastique ». San-Antonio se heurte à des faits *étranges* : sorcellerie, paranormal, envoûtement...

→ S-A **28** • S-A **20** • S-A **129** • S-A **135** • S-A **139** • S-A **140** • S-A **152**

• *Inventions redoutables et matériaux extraordinaires.*

Dans plusieurs romans, le recours à un attirail futuriste entraîne une irruption soudaine de la *science-fiction*. Il arrive même qu'il serve de motif au récit. Voici un échantillon de ces découvertes fabuleuses pour lesquelles on s'entretue :

objectif fractal (un grain de beauté photographié par satellite !), réduction d'un homme à 25 cm, armée tenue en réserve par cryogénisation, échangeur de personnalité, modificateur de climats, neutraliseur de volonté, lunettes de télépathie, forteresse scientifique édifiée sous la Méditerranée, fragment d'une météorite transformant la matière en glace, appareil à ôter la mémoire, microprocesseur réactivant des cerveaux morts, et j'en passe... !

→ S-A 57 • S-A 12 • S-A 41 • S-A 23 • S-A 34 • S-A 35 • S-A 37 • S-A 89 • S-A 17 • S-A 20 • S-A 30 • S-A 64 • S-A 69 • S-A 75 • S-A 105 • S-A 123 • S-A 129 • S-A 146

• *Savants fous et terrifiantes expériences humaines.*
    → S-A 30 • S-A 52 • S-A 116 • S-A 127 • S-A 163

• *Romans « charnière ».*
    Sont ainsi désignés les romans où apparaît pour la première fois un nouveau personnage, qui prend définitivement place aux côtés de San-Antonio.
    S-A 45 : Le Vieux (Achille), *en 1952.*
    S-A 49 : Bérurier et Félicie (déjà évoquée, mais première apparition physique), *en 1953.*
    S-A 53 : Pinaud, *en 1954.*
    S-A 37 : Marie-Marie, *en 1968.*
    S-A 94 : Toinet (ou Antoine, le fils adoptif de San-Antonio), *en 1971.*
    S-A 128 : Jérémie Blanc, *en 1986.*
    S-A 168 : Salami, en *1997.*
    Mathias, le technicien rouquin, est apparu peu à peu, sous d'autres noms.

• *Bérurier et Pinaud superstars !*
    Le Gros, l'Inénarrable, Béru ! est sans conteste le plus brillant « second » du commissaire San-Antonio. Présent dans l'immense majorité des romans, il y déploie souvent une activité débordante. Sans se hisser au même niveau, le doux et subtil Pinaud tient également une place de choix...

    • **participation** *importante* **de Bérurier.**
    → S-A 18 • S-A 10 • S-A 11 • S-A 14 • S-A 22 • S-A 88

- S-A **23** • S-A **24** • S-A **27** • S-A **28** • S-A **32** • S-A **34**
- S-A **37** • S-A **89** • S-A **90** • S-A **93** • S-A **97** • S-A **1**
- S-A **20** • S-A **30** • S-A **33** • S-A **46** • S-A **52** • S-A **75**
- S-A **101** • S-A **104** • S-A **109** • S-A **116** • S-A **126**
- S-A **145** • S-A **163** • S-A **166**

N'oublions pas les « Hors-Collection », avec notamment *Queue-d'âne* où Bérurier est seul présent de bout en bout.

- **participation** *importante* **de Bérurier** *et* **Pinaud.**
→ S-A **12** • S-A **87** • S-A **25** • S-A **35** • S-A **96** • S-A **105** • S-A **111** • S-A **148** (fait exceptionnel : San-Antonio ne figure pas dans ce roman !) • S-A **156**

- *Marie-Marie, de l'enfant espiègle à la femme mûre.*
Dès son apparition, Marie-Marie a conquis les lecteurs. La fillette malicieuse, la « Musaraigne » éblouissante de *Viva Bertaga* qui devient femme au fil des romans est intervenue dans plusieurs aventures de San-Antonio.

- **Fillette espiègle et débrouillarde :**
→ S-A **37** • S-A **38** • S-A **39** • S-A **92** • S-A **99**

- **Adolescente indépendante et pleine de charme :**
→ S-A **60** • S-A **69** • S-A **85**

- **Belle jeune femme, intelligente et profonde :**
Il ne s'agit parfois que d'apparitions intermittentes.
→ S-A **103** • S-A **111** • S-A **119** • S-A **120** • S-A **131** (où Marie-Marie devient veuve !) • S-A **139** • S-A **140** • S-A **152** (dernière apparition en 1992, pour revenir avec éclat en 1999 : (S.A. **173**).

- *Le rire.*
Passé la première trentaine de romans (et encore !), le **rire** a sa place dans toutes les aventures de San-Antonio, si l'humour, lui, est *partout,* y compris au cœur de la colère, de l'amour et de la dérision. Mais plusieurs aventures atteignent au délire et

nous transportent vraiment d'hilarité par endroits. Dans cette catégorie décapante, on conseillera vivement :

→ S-A 10 • S-A 14 • S-A 87 • S-A 88 • S-A 23 • S-A 25 • S-A 2 • S-A 35

Y ajouter, là encore, tous les « Hors-Collection ». Qui n'a pas lu *L'Histoire de France vue par San-Antonio* ou *Les vacances de Bérurier* n'a pas encore exploité son capital rire ! Des romans souverains contre la morosité, qui devraient être remboursés par la Sécurité Sociale !

• *Grandes épopées planétaires.*

San-Antonio – le plus souvent accompagné de Bérurier – nous entraîne aux quatre coins de la planète dans des aventures épiques et « colossales ». Humour, périls mortels, action, rebondissements.

→ S-A 10 • S-A 87 • S-A 88 • S-A 24 • S-A 37 • S-A 89

• *Les « inoubliables ».*

Je rangerais sous ce titre quelques romans-choc (dont certains ont déjà été cités plusieurs fois, notamment dans les épopées ci-dessus). On tient là des *chefs-d'œuvre,* où l'émotion du lecteur est à son comble. Bien sûr, c'est subjectif, mais quel autre critère adopter pour ce qui relève du coup de cœur ? Lisez-les : vous serez vite convaincus !

→ S-A 61 • S-A 70 • S-A 83 • S-A 10 • S-A 87 • S-A 88 • S-A 24 • S-A 25 • S-A 37 • S-A 111 • S-A 132 • S-A 140

## POUR FINIR...

Il ne reste plus qu'à souhaiter à tous ceux qui découvrent les aventures de San-Antonio (comme je les envie !) des voyages colorés, passionnants, émouvants, trépidants, surprenants, pathétiques, burlesques, magiques, étranges, inattendus ; des séjours enfiévrés ; des rencontres mémorables ; des confidences où l'intime se mêle à l'épopée.

Quant aux autres, ils savent déjà tout ça, n'est-ce pas ?

Ce qui ne les empêche pas de revisiter à tout instant ce monument de la littérature d'évasion, inscrit à notre patrimoine.

Et, comme moi, d'attendre, encore et toujours, le prochain San-Antonio !

*Raymond Milési*

Cet ouvrage a été réalisé par la
SOCIÉTÉ NOUVELLE FIRMIN-DIDOT
Mesnil-sur-l'Estrée
pour le compte des Éditions Fleuve Noir
en mai 1999

FLEUVE NOIR – 12, avenue d'Italie
75627 PARIS – CEDEX 13.
Tél : 01.44.16.05.00
Imprimé en France
Dépôt légal : juin 1999
N° d'impression : 46114